每个人的生命中都应该拥有一段值得铭记的光辉岁月。一生中能有这么一段让你全力以赴、热血沸腾的时光,就是上天给予你的最大恩赐。

给生命加点料

从安第斯山脉到亚马孙森林

吴宣立 著

北京出版集团
北京出版社

图书在版编目（CIP）数据

给生命加点料：从安第斯山脉到亚马孙森林 / 吴宣立著. — 北京：北京出版社，2023.2
ISBN 978-7-200-17455-7

Ⅰ.①给… Ⅱ.①吴… Ⅲ.①故事—作品集—中国—当代 Ⅳ.①I247.81

中国版本图书馆CIP数据核字(2022)第183997号

给生命加点料
从安第斯山脉到亚马孙森林
GEI SHENGMING JIA DIAN LIAO

吴宣立 著

*

北 京 出 版 集 团
北 京 出 版 社 出版
（北京北三环中路6号）
邮政编码：100120

网　　址：www.bph.com.cn
北京出版集团总发行
新 华 书 店 经 销
河北宝昌佳彩印刷有限公司印刷

*

148毫米×210毫米　32开本　7.25印张　200千字
2023年2月第1版　2023年2月第1次印刷
ISBN 978-7-200-17455-7
定价：49.80元
如有印装质量问题，由本社负责调换
质量监督电话：010-58572393

前言

为什么去南美做汉语教师志愿者?

随着汉语风靡全球,越来越多的国人走出国门远赴世界各地教授汉语,传播中国文化,在做文化使者的同时顺便游历这个七彩的世界。

多年前,20多岁的我在香港中环金融街的一栋写字楼里过着平平淡淡的普通白领生活,跟身边多数年轻人一样梦想着有一天能发大财、买个大房子,找个相爱的人共度一生。发财树是办公室里最流行的绿植,我小心翼翼地呵护着我办公桌上的那棵发财树,看它长得既茁壮又肥硕,每天都十分开心。那会儿身边诸多年轻人交流最多的话题就是房价几何,以及房产增值所带来的财富,很多人的观念和追求就是"有房万事足",很少有人去思考人生的意义和个人的价值,空气中弥漫着焦虑、浮躁的气氛。

虽然我当时的工作和生活还算快乐,但总感觉生活中缺少了一种颜色。天天跟金融投资圈里的浮夸之人打交道,有时候会突然感觉自己的那点追求挺没意思的,尤其是当我看到很多已婚同事在奋斗多年以后依然蜗居在二三十平米的小房子里,承受着各种压力……那绝对不是我想要的生活!

当夜幕降临,眺望着壮观动人的维多利亚港夜景,我有时候会想,面对这个七彩的世界,人不应该只有一种姿态,换种姿态,世界也许会呈现给你更多的精彩。我在琢磨着是不是应该做点有意义的事情,过一个值得回忆的不一样的人生!

心向往，梦就一定能够实现！奇迹真的发生了。

一次偶然，我获得了国家汉办（孔子学院总部）外派去南美洲哥伦比亚的一所大学做汉语教师志愿者的机会，这是官方首次外派志愿者去南美洲教授汉语，传播中国文化。南美洲的哥伦比亚，多么令人怦然心动的国度啊！那可是诺贝尔文学奖获得者、经典文学巨著《百年孤独》的作者加西亚·马尔克斯的故乡。去那里做汉语教师志愿者，说不定我也能沾上文学气息，笔杆一挥也写出一部惊世骇俗之作来……哈哈！

那几年，幸福指数颇高的南美洲让我十分好奇。南美文化一直令我向往，西班牙语也一度让我痴狂，我一直计划着去南美洲工作生活一段时间，真真切切地感受一番热情奔放的南美风情。去那里做汉语教师志愿者，正好可以一边教授汉语一边游历整个南美洲。

做汉语教师志愿者是非常有意义、有趣的一段人生经历。本打算在南美洲教授半年汉语就返回国内继续我的金融类工作，但在神奇、神秘的南美经历过一系列的奇闻趣事之后，我越发觉得那里十分有趣，再加上天天受到南美人每时每刻都处于快乐和幸福中的感染，以至于使我乐不思蜀，在那里做了近3年的志愿者才回国。

这3年的志愿者经历对我以后的职业发展，以及对待人生的态度都产生了非常积极的影响。

在南美教汉语是非常有挑战性同时又非常有趣的经历和体验。中西方文化差异很大，我和学生之间产生过很多由于文化差异造成的搞笑趣事，每天都会有学生问出一些令人尴尬的奇葩问题，有时我甚至有种被冒犯的感觉，需要经常跟他们斗智斗勇。我一般会通过"实践课"的方式改变他们的看法，《超级大厨》《北京炸酱面》《可爱的活宝们》这几篇文章详细描述了这些"战斗故事"。在南美做汉语教师志愿者要时刻做好面对各种困难和恶劣环境的心理准备，但不管怎样，这段经历有苦有乐也很有意思，时隔多年我还是会经常回忆起这段非同寻常的美妙经历。

南美洲多姿多彩，每天都有令人惊奇和有趣的故事发生：我在黄金博物馆里阴差阳错地做过临时模特儿；在原始森林深处探访过神秘的印第安部落；遇到过游击队；经历过枪击案和战火；用"排山倒海"的功夫吓退过歹徒；也狠狠地教训过企图敲诈我的假警察……同时，我那些活泼可爱的南美学生们让我的生活充满了欢声笑语。

自从踏上南美洲的土地，我的三观随时被遇到的各种奇妙的人和事刷新着，最为奇妙的是，当我在亚马孙森林深处旅行时，居然遇到一位会讲中文的澳大利亚医学博士志愿者。他为什么会讲中文？为什么懂中医？又为什么来到如此遥远的地方做志愿者？……

让我们一起开始享受这段欢乐而美好、惊险又刺激的时光吧！

目录

我要去南美了 / 001

飞越千山万水 / 010

天外来客 / 016

超级大厨 / 022

我会功夫 / 029

探访印第安原始部落 / 033

门口枪击案 / 042

待嫁的女孩 / 046

悲惨的就医经历 / 051

守望的天使 / 056

可爱的基布多人 / 065

战火中重生 / 076

在罗萨里奥大学教汉语 / 083

钻石瓜子 / 089

"暴扁"假警察 / 094

亚马孙森林里的澳大利亚中医志愿者 / 105

可爱的活宝们 / 122

老外学习汉语的搞笑事儿 / 134

北京炸酱面 / 137

唐装模特儿 / 144

午夜电话 / 153

我的个人演唱会 / 162

南美的中国饺子店 / 168

魅力四射的古巴 / 174

巧遇哥伦比亚总统 / 184

选美从娃娃抓起 / 189

热情善良的哥伦比亚人 / 197

女神的眼泪 / 205

美丽的哥伦比亚 / 210

后记：最美好的时光是做志愿者 / 219

我要去南美了

那是多年前一个阳光明媚的午后,我和同事赵阿姨、易阿姨坐在中环的一家咖啡馆里,远处如同森林一般的摩天大楼直插云霄。

赵阿姨翻看着报纸,易阿姨正在用笔记本电脑浏览网页,我眺望着风景如画的维多利亚港,感叹着这座城市的繁华和时代变迁,同时也在思考着自己的未来。

易阿姨"啪"的一声合上了电脑,感叹道:"哎哟!现在的年轻人好矫情啊!工作生活上有点不顺心,感情上有点小挫折,空虚了,找不到自我了,就立马辞职去旅行,做个苦哈哈的背包客,风餐露宿。自虐了一圈回来就释怀了,治愈了,充实了,找到自我了。这样的年轻人对工作也没啥热情,倒是我们这些都已经退休了又被返聘回来的老年人还在忘我地工作着。"

赵阿姨的眼睛不离报纸,沉浸在深度阅读中,没有接易阿姨的话。易阿姨接着说:"现在的年轻人把旅行吹得可高大上了,很多人都受到误导,不好好工作生活,觉得远方的一切都是美好的,一心向往诗和远方,动不动就辞职去旅行,这种想法十分不妥。"

我没有插话,不愿意轻易去评论别人的行为,这个世界是多元的,人的想法和认知也是多元的。赵阿姨则继续看着自己的报纸。

"哇,现在还可以去世界各地做志愿者教授汉语,传播中国文化,顺便去旅行呢！"赵阿姨看到报纸上的一则消息惊叹道。我和易阿姨立刻把脑袋凑了过去。

"你们看，国家汉办（孔子学院总部）的新闻，正在招募志愿者去不同国家教授中文，传播中国文化，我们可以把个人信息登记到国家汉办的志愿者招募的网络系统中，他们会在系统中选拔志愿者。去世界各地做志愿者教汉语，这是多么有意义的一件事啊！"赵阿姨指着报纸上的消息继续说道。易阿姨说："这事靠谱儿！"

就这样，我们3人就在国家汉办（孔子学院总部）志愿者招募的网络系统中把个人信息登记了一下，期待着奇迹会发生。

我那时已经工作四五年了，从参加工作的第一天起就加班加点竭尽全力地工作，尽量往银行卡里存下每一分钱。那时我有两个计划，要么南下去澳大利亚攻读硕士学位；要么北上把家安在北京，以后就在北京工作生活。我的备选计划是如果去不了澳大利亚，就去拉丁美洲的墨西哥游学半年，了解一下拉丁美洲文化，然后再定居北京，总之最终的目的地是北京。

之所以计划去澳大利亚留学，是因为在读大学之前看过很多关于出国留学的书籍，一直梦想着将来大学毕业后能出国继续深造。最初计划去美国读硕士，是因为美国的大学提供全额奖学金，而去澳大利亚留学基本上只能自费，所以从上大学的第一天起，我就把专业课放在一边，几乎把所有精力都用在准备托福和GRE考试上了，立志获得全额奖学金去留学。在我看来，如果自费留学的话，我会选择去澳大利亚。

那时候，外面的世界对我来说很精彩，我一直有着走出去看看外面的世界的梦想。历史、地理和外语一直是我最喜欢的学科，我喜欢阅读有关世界各地的风土人情、旅居故事的书籍，《海外文摘》是我经常读的杂志。我对外语十分着迷，就同时兼习了西班牙语、葡萄牙语和德语。读万卷书，行万里路。

在我看来，在没有充分知识储备的情况下，即使行万里路，那也不过是邮差而已。

虽然我最终也获得了美国哥伦比亚大学的录取通知书，但金融专业是不提供奖学金的。我的整个大学阶段简直就是生活在梦中，虽然在留学备考阶段已经隐隐约约地知道金融专业几乎不太可能申请到奖学金，而且获得公派留学资格的希望也十分渺茫，但我就是不愿意从梦中醒来。在我看来，不是每件事都注定会成功，但是每件事都值得一试，万一奇迹发生了呢？人活着总得有点梦想……

我是20世纪90年代末读的大学，那个年代基本上没怎么听说过自费留学，出国留学基本上靠全额奖学金或者获得公派资格。不像现在大家都富裕了，自费留学司空见惯，获得全额奖学金去留学反倒成了凤毛麟角。

我出生在一个普通的小康之家，自费留学不太现实，但父母对于我去美国留学之事非常支持，说砸锅卖铁也要供我继续深造，我说咱家的锅既不是"双立人"的也不是"菲仕乐"的，砸了也卖不了几个钱，还是算了吧！

最后，我出国留学的梦想就此搁浅。那时我第一次深刻体会到人生的无奈！我这人特别会安慰自己，人生嘛，留有遗憾才是最美的！

我这人不爱钻牛角尖，于是赶快调整方向，做其他打算。那就先工作几年攒钱，攒够留学的费用就去澳大利亚读硕士。我一直坚信，当一扇门关上后，上帝一定会给你留一扇窗。

之所以对北京情有独钟，是因为小时候妈妈出差带我来过北京。那时还是小学生的我，在天安门广场看着毛主席和蔼可亲的画像，看着迎风飘扬的五星红旗，情不自禁地就唱起了《我爱北京天安门》，对北京的向往从孩童时代就已经开始生根发芽。另外，我家的家谱显示，明代时祖上是在北京生活的。所以对我来说，北京就是诗和远方。北京是个很容易发生奇迹的地方，后来也是

在北京，我再次遇到塞布瑞娜，然后我们结婚……

那次我和赵阿姨、易阿姨在国家汉办（孔子学院总部）的志愿者招募网上系统登记完个人信息后就没在意这事，继续去忙工作，忙着实现自己的梦想了。不过当时登记个人信息时我还在做着白日梦，如果能去拉丁美洲的西班牙语国家做志愿者是最好不过的了，既能提高西班牙语、学习拉丁舞，又能了解拉丁美洲文化。

我对做汉语教师志愿者这件事情本身兴趣浓厚，而通过做志愿者去世界各地旅行对我来说并没有太大吸引力。因为工作的原因，我会隔三岔五地去欧美国家出差，已经走过了一些地方，但是短暂的商务旅行不过是走马观花，需要找一个高尚的理由在一个地方生活上一段时间，感受真真切切的风土人情，让焦躁的心情平静下来，做点有意义的事情，感动自己！

心向往，梦就一定能成为现实，奇迹真的发生了。

突然有一天，我接到国家汉办（孔子学院总部）郭嘉老师的电话，问我对去南美洲哥伦比亚的一所大学教授汉语是否感兴趣。当然感兴趣了，求之不得呢！哥伦比亚，那可是诺贝尔文学奖获得者——《百年孤独》的作者加西亚·马尔克斯的故乡。去那里做汉语教师志愿者，可以一边教授汉语，一边感受热情奔放的拉美风情。而且我早已听说拉丁美洲的人们是最快乐最幸福的，去那里工作生活一段时间，还可以探寻拉美人快乐幸福的根源……

然后我就开始精心准备面试，希望美梦成真。

面试的那一天正值北京的深冬，寒风凛冽，但我的心里暖烘烘的。面试那天是我的"幸运日"，真是如虎添翼，事事顺利！上午是文化课考试，下午是面试和才艺表演。面试时要试讲一篇课文，我讲课还算幽默，给考官留下了不错的印象。才艺表演时，我选择了唱歌和武术表演。我深情地演唱了《我爱你中国》。当时我十分细心，还随身带了一台能够外放音乐的微型单放机，在现场播放伴奏音乐，这样的演唱效果要比清唱好很多，但可能是紧张的缘故，在高音部分我一下子破音了，引起哄堂大笑，可以想象当时的场景多么尴尬，哈哈！后来我又强烈要求再唱一首《我和我的祖国》，幸好发挥得比较正常，挽回了尴尬的局面。同时，我给每位考官赠送了一张我自己录制的个人专辑，专辑名叫《民歌小调》，收录了我自己演唱的10首民歌，专辑封面做得跟大明星似的，搞得自己跟专业歌手一样。那年我26岁，有点小自恋，不过这种自娱自乐、讨好自己的行为还是很有好处的。

我还随身携带了功夫衫，身着功夫衫表演武术，现场效果棒极了，赢得了考官们的阵阵掌声。

但是我的普通话差点不过关，我的普通话是北方话和南方话的混合体。本来我最初练习普通话时是跟着电视剧里的北京话练习的，我说的普通话中儿化音特别多，该加"儿"不该加"儿"的地方我都加了"儿"，听起来有一股浓浓的京腔，很能迷惑外行人。读大学时两个广东同学经常跟我泡在一起练习普通话，结果他俩的普通话越来越好，我的普通话却越来越糟糕。再加上工作后接触的人普通话一个比一个不靠谱儿……

不管怎样，我最终还是获得了去南美洲做汉语教师志愿者的机会。然后我就开始琢磨跟老板说辞职的事情了。

我那时反复琢磨，不知该如何开口。老板虽然比较抠门儿，但对我还算不错，可能也跟我玩命似的为他工作有关系吧。如果当面跟他说辞职的事我肯定无法面对他的那双眼睛，后来我就给他发了个短信，辞职的理由说了好几条，其中一条比较奇葩，就是我不习惯香港的气候，又热又潮，担心染上脚气。

老板立刻找我谈话。

"吴大利亚，你在想什么呢？准备去留学了，还是准备去北京发展了？你能不能别那么着急，再跟着我干几年，你留学的费用我来出。"老板十分慷慨

地说。

老板说给我出留学费用的承诺在近几年里已经有很多次了，这也是我一直咬紧牙关天天加班加点，一人干多人的工作，坚持跟着他工作这么久的坚强信念。老板希望你一天24小时全部投入工作中，同时又能"视金钱如粪土"。我那时20多岁，比较单纯，特别容易相信别人给我的承诺。后来在一次又一次的失望中逐渐明白，凡事得靠自己，不能靠别人的承诺。

"我已经攒够留学的费用了。"我悠悠地说。

"你有没有想过，留学回来你不还得找工作？房子你买了吗？房价可是一年比一年高，等你留学回来房价早就涨到天上了。再说，现在那么多国外留学回来的人想来咱们公司，连筛选简历都不一定能过。我找找关系给你办户口，再给你点期权，实现财务自由指日可待，你就安心继续工作吧。"老板更加慷慨地说。

"实际上我不是去留学，而是去南美洲做志愿者，去教授汉语，传播中国文化。"我说。

"去做志愿者？一年能挣多少钱？"老板问。

"志愿者讲究的是付出和奉献，不是挣多少钱的问题。你所做的一件事情的本身，比你因为做这件事情挣了多少钱更重要。"我说。

"我知道你很高尚，但你能不能接接地气现实一点，你房子买了吗？车买了吗？你平时那么上进的一个人，现在怎么开始走下坡路了呢？你看你身边那些年轻人不都在忙着挣钱，买房买车？！"老板说。

听完老板的话，我突然感觉空气中弥漫着一丝浮躁的气息，那是一种令人窒息的压抑感。我赶快把目光转向窗外，透过洁净的落地大玻璃窗，眺望着远方蓝天白云下美丽的维多利亚港，然后深呼吸。

我这人十分有个性，跟周围人的想法不太一样。当年读大学时，我已经开始利用假期做志愿者了。我暑假去西部偏远地区支教，平时周末会去孤儿院教小朋友们英语，跟小朋友们玩耍。那个年代志愿者文化还没有深入人心，很多人对于我这种做志愿者的行为不能理解，当年在做志愿者这条路上，我走得十分孤独，我唯一能做的就是像《百年孤独》里的布恩迪亚上校那样在孤独中保持高傲。

我大学毕业刚参加工作的那几年，也不知道从哪里来的优越感，有点傲娇和清高，十分鄙视身边那些没有一点志愿者意识，又十分焦虑，只知道挣钱买房、没什么大追求的同龄人。

我深呼吸之后，微笑着说："志愿者的经历要比金钱、房和车来得更珍贵，更能获得心灵上的幸福和满足感！人生不仅要有金钱、房和车，还要有梦想和情怀！"

"啊？听起来很高尚啊！做志愿者，那都是实现财务自由、有钱又有闲的人干的事儿，你还是别瞎搅和了。"老板说。

"你对志愿者的理解存在误区，实际上无论是富裕还是贫穷，都可以做志愿者。志愿者是什么？志愿者就是不计报酬、不计回报地为他人服务，为社会服务。说得通俗点，志愿者就是学雷锋，发扬雷锋精神。没有钱，可以贡献自己的技能，在力所能及的范围内去帮助别人，你就是一名志愿者了。"我说。

老板一直喋喋不休，说给我的工资远远高于其他的员工，对我那么好我却要辞职。我心想，这么多年来我经常加班加点，周末没怎么休过，换算成平均时薪根本不算高啊，出于对这份工作的热爱，我才一直坚持着。最后我实在无法忍受他的唠叨，便说道："那最后一个月的工资你就少给我点吧，这样也算是对你的一种补偿。"

"你会后悔的！"老板狠狠地甩下这句话。

后来，老板居然真的扣了我一个月的工资。离职的那一瞬间，我突然成熟了很多，看来离开这里去过自己想过的生活是对的……

如果我是跳槽去了一家更好的公司，他扣掉我一个月工资我还能接受，但我是去做志愿者啊，如果他觉得扣掉我的工资能让他内心安然，那就扣吧！

出发前，我与赵阿姨和她先生还有易阿姨一起吃了个送别饭。

"长风万里送秋雁，对此可以酣高楼"的壮游情怀立刻在我眼前浮现，易阿姨、赵阿姨和她先生把我送到机场，我的眼泪流了下来……我的眼泪是复杂的，有对老朋友、老同事们的依依不舍，有对一成不变的稳定生活的告别，也有对未来一切的不可预知……

洲际酒店客房的电视一打开，会立刻跳出一段宣传片，一位成熟稳重的明星十分深情地这样跟你说："所谓遇见更精彩的人生，实际上是用不一样的姿态去感受这个世界。人生不过是一场旅行，换种姿态，世界才会给你更多可能！"好吧，为了洞悉未知，遇见新世界，那就忍住眼泪，开始新的旅程吧……

飞越千山万水

一提起哥伦比亚这个国家,人们第一时间可能会想到黄金湖、毒品、暴力。的确,毒品和暴力使这个国家声名狼藉,但实际上,这个国家有很多美丽动人之处。她盛产世界小姐、质量上乘的咖啡和全世界品质最好的绿宝石,同时她拥有"黄金国"的美誉。早年的印第安人在现在的首都波哥大建立了具有灿烂文化的巴卡塔城,1683年后巴卡塔城成为西班牙南美殖民统治的中心之一。波哥大被联合国教科文组织授予"世界图书之都"的称号,且素有美洲"伊比利亚文化之都"之称,城内景色秀丽、四季如春,保留着丰富的历史文化遗产,名胜古迹蜚声于世,被称为"南美洲的雅典"。几百年前创建的罗萨里奥大学(我做志愿者的大学)、国家图书馆、大教堂,以及300多座博物馆,展现了哥伦比亚光辉灿烂的历史与文化。堪称"世界一绝"的黄金博物馆,拥有约3万件金器,是印第安人在公元前20世纪到公元16世纪的作品,制作可谓精美绝伦。这里有世界唯一的绿宝石博物馆。城西北50千米处的盐矿大教堂由盐矿洞修建而成,大殿可容纳8000人,有"世界第八奇观"之美称。位于城北的蒙塞拉特山不仅出产罕见的绿宝石和鲜花,还是极富魅力的旅游胜地(我曾在山脚下住过)。

在确定可以外派去哥伦比亚做志愿者之后我就开始准备签证了。南美人普遍办事效率非常低而且很马虎,签证过程把我折磨得死去活来。按照原计划,校方定于2月1日开学。5月22日,他们终于通知我可以拿签证了。申请签证前

▲ 无与伦比的哥伦比亚咖啡

后耗费了半年时间。

无法想象,南美洲距离中国是多么遥远,从北京飞往巴黎需要12个小时,在巴黎中转等待需要22个小时,从巴黎飞到哥伦比亚的首都波哥大又需要12个小时。幸好我是法国航空公司的金卡会员,可以免费升到商务舱,不然这一路飞下来非得累散架不可。

法国航空公司比较大方,在商务舱未满员的情况下,他们总是十分慷慨,自觉地把金卡会员升到商务舱去,根本就不用你跟他们费口舌提要求。

飞越了万水千山之后,终于到波哥大了。飞机降落时,"咚"的一声重重地落在地上,一位老太太十分不高兴地质问站在机舱门口面带微笑向每位乘客说再见的机长:"我们的飞机是安全降落的还是被击落的?"哈哈!

我怀着忐忑不安的心情去取我的托运行李。以前读过三毛的一篇关于哥伦

▲ 具有浓郁南美风情的大街小巷

比亚的文章，说是当地机场的搬运工十分野蛮，把所有乘客的行李用刀子割开，拿走值钱的东西。当我看到我的行李安然无恙时，心里那一块大石头终于落地了。但当我用机场的小推车推行李时，却被告知需付 2 美元。这就是哥伦比亚给我的第一印象（后来去厄瓜多尔，他们也收费 2 美元）。我付过钱，刚走出机场准备进国内机场的大厅时，一位工作人员让我归还小推车。我十分惊讶，小推车到我手上还不到 3 分钟呢，说什么也不能给她，于是她便锲而不舍地跟在我后面，好像我会把小推车推回家一样。

当时我需要买第二天从波哥大到基布多的机票,因为在国内时只能买到北京—巴黎—波哥大的机票,无法直接买从北京到基布多的联程机票。

刚进哥伦比亚国内机场,就有一位先生过来热情帮忙,我顿时提高警惕,但他一直跟着我,问我去哪里,并热情地告诉我在哪里买机票。后来我犯了一个很可怕的错误,居然让他拿着我的护照和200美元去换钱,不过,感谢上帝,他没有骗我,顺利地帮我买了机票。分别时,我给了他2美元作为小费,他居然跟我讨价还价,跟我商量是否可以给他20美元。我说我这人十分抠门儿,又是来哥伦比亚做志愿者的,没带多少钱,给你2美元已经十分大方了。说罢,我便转身绝尘而去。

在机场门口,我随便叫了一辆出租车就去了预订的酒店。后来听说我的这

▼ 波哥大街景

▲ 五彩斑斓的街巷

种举动十分危险，在波哥大，人们从来不在大街上随便叫出租车的，都是先打出租车公司的电话，由出租车公司指定车和司机，这样对双方都很安全。哥伦比亚绑架案居世界前列，一不小心就有可能会被绑架。

我透过车窗欣赏着一路上的风景，波哥大全城建筑以红色系为主，红砖绿树相互映衬，非常漂亮，让人误认为到了波士顿。

不知怎么回事，突然有一丝恐惧感袭上心头，也许第一次到波哥大的外国旅客都会有这种感觉吧。

出租车司机衣冠不整、形象不佳，更增加了我内心的恐惧感。大约过了20分钟，我们便到了酒店门口。下车时那个司机居然问我要20美元，我说之前明明说好的10美元，他非说我的西班牙语不灵光，把价格听错了。这简直跟当年三毛到访波哥大时被骗的手法一模一样，莫非这两个出租车司机是父子俩？不过，我应该还算运气不错，因为他没有绑架我，我自然不会与他计较那20美元。

第二天，酒店服务比较周到，用车把我送到机场，感激之余，我给了司机

10 美元小费。

哥伦比亚的国内机场乱得一团糟,我在办理登机手续时被告知没有登机牌,我真怀疑自己是不是听错了。进了候机大厅,我又跟工作人员确认,的的确确不用换登机牌。当我看到那飞机,不由得出了一身冷汗,那是一架老式的小飞机,我想它也许该进博物馆了。上了飞机,跟坐公共汽车一样,随便坐。飞机上的座椅十分陈旧,个别座椅由于脱落已"下岗"了,我不禁惊叹这样"年迈"的飞机居然还能使用!

我对于这架飞机能否飞上天十分怀疑,然而这只"小麻雀"居然真的吱吱咛咛地飞上天了。但在飞行途中,飞机有几次剧烈的抖动,感觉我们乘坐的是长出了翅膀的拖拉机。透过窗户望下去,是一片片茂密的原始森林。

谢天谢地,飞机终于安全地降落在基布多。

一出飞机,一股热浪热情地扑面而来,算是对我的到来表示欢迎。机场的候机大厅居然是用石棉瓦搭建的,在里面候机一定很凉快。由于候机厅十分袖珍,人们就在外面放了几张桌子算是露天候机厅了。

机场门口,系主任弗兰西斯科兴奋地向我招手。然后,他把我和我的行李一块儿塞进连车窗都没有的出租车里,车一跑起来就跟拖拉机一样。

一路上看到的景色让我震惊不已,路两旁的建筑大部分是石棉瓦棚,我不禁怀疑我们是不是走错了地方。令人感动的是,当地人民在这种艰苦的生存环境下,居然还有兴趣学习汉语,了解博大精深的中国历史与文化。

我在乔科科技大学为期 7 个月的汉语教师志愿者工作就要开始了。

天外来客

截至目前,哥伦比亚是我到访的国家中最为奇特的一个。这可能是因为我之前的旅行基本上都是短期的走马观花,没有长期居住下去深入感受当地风土人情的缘故吧!

6月2日,在4天4夜转机3次历尽千辛万苦后,我终于到了这个在地图上也找不到的基布多。

听说学生们早已兴奋不已,急不可待地想领略一下我这个来自神秘国度的"外星人"的风采。我匆匆忙忙吃过午饭,顾不上休息,便顶着烈日去跟学生们见面了。大家把我围起来,问着各种奇怪的问题,对他们来说,我无疑如同天外来客。

"你们中国男人是不是可以同时娶4个老婆?"一个男生带着十分羡慕的眼神问我。

"在中国的古代和旧社会是可以的,现在不可以了,同时娶几个老婆会引发很多问题。"我答道。

"你们是不是每个人都会武术?"一个十分健壮的男生问道。

"并不是每个人都会武术,我学习过武术,练武的目的只是强身健体。中国很安全,我们平时不需要练武来防身。"我说。

唯一的一个白人女孩悄悄地把她的胳膊放在我的胳膊旁比比看谁白,在发现我比她更白时,她赶紧把胳膊缩了回去,然后问我:"你们中国人是白种人吗?"

"我们是黄种人,只不过我长得白一点而已。"于是,几个女生像对待一个外来物种似的用手在我的胳膊上又摸又拧。

由于基布多是哥伦比亚最贫困的地区,在通往首都波哥大的道路上有游击队,唯一的交通工具就是那架老掉牙的小飞机,票价还十分昂贵,所以这里的大部分人都没见过外面的世界,很少见过外国人,更没见过中国人,因此他们都对我十分好奇,目不转睛地盯着我看。不论我坐公交车还是走在大街上,总有一些人全神贯注地盯着我,不分男女老幼。有时候我就在想,他们是不是恨不得把我捉住,放在显微镜下研究个清清楚楚才肯罢休?于是,每次我走在大街上都小心翼翼,注意自己的行为举止,稍不留意,哪个行为不雅,被别人耻

▼ 基布多最繁华的街道

笑了去，岂不是影响国人形象？一次，我上街买东西，一位骑摩托车的男士从我身旁经过时回头盯着我看，结果他一下子撞到了墙上。每次我去超市，只要一开口说话，就会有很多人自动围上来，好像我身上有什么神奇的魔力一样。听听一个中国人讲西班牙语该是多么有意思的事。不一会儿我身边便围了很多人，远远望去，好像是哥伦比亚总统派来的什么大人物正在召开重要会议，然而走近一看，原来是个中国人正在喋喋不休地说着些陈谷子烂芝麻等毫无营养的事。

后来，学生们带我参观了学校的每一个角落。我记忆最深刻的是他们的图书馆，那是个只有约10平方米的小房间，书架上的书十分陈旧。最后，我还参观了他们的厕所，厕所内部均贴着瓷砖，看起来稍微现代一点，但在那里上厕所对我来说是个挑战，因为根本没地方洗手。

短暂地休息了两天，倒了下时差，我便开始正式上课了。第一节课，我做了一场关于中国历史文化的演讲。我把中国地图挂在黑板中间，从介绍我的姓名讲到中国的百家姓，姓名在中国的特殊含义、姓的起源和分类等。

后来有节中文课，他们取中文名字时无一例外全部选择姓"吴"，因为我跟他们讲过，中国历史上的春秋时期，在长江下游有一个国家叫吴国。后来吴国灭亡了，吴国王族子孙避难四散，为不忘故国，以原国名为姓氏，这就是吴姓的来源，它有着两千多年的历史。这下好了，大家都是一家人了。聪明伶俐的，取名叫吴聪聪、吴亮亮，其他名字也很有特色，如吴彩玉、吴建国、吴志坚等。有意思的是，一位60多岁的老太太坚决要用吴亭亭作为自己的中文名字。因为她一直想变得亭亭玉立，但现实太残酷，只有靠中文名字来安慰下自己了，她还为了这个名字跟一个女生争得面红耳赤。

第一节课从我的姓名讲到百家姓，从中国文明的发源地讲到中国武术的起源和历史演变，从中国宜居城市威海讲到世界金融中心之一香港。最后，我播放了介绍威海、北京、上海和香港的视频，风景优美的宜居城市和欣欣向荣的现代化大都市使他们坚信中国就是天堂。然后我告诉他们，中国的其他城市也很漂亮，听得他们一个个摩拳擦掌，时刻准备着冲向中国。接着，我十分煽情地告诉他们，现在中国的经济发展突飞猛进，拉丁美洲各国与中国贸易往来频繁，学习汉语，了解中国文化非常有意义。现在我把他们学习汉语的热情充分调动起来了，当问他们有没有信心把汉语学好时，他们都异口同声地说"有"，那声音简直是响彻云霄。

由于第一节课的效应，第二节课居然来了150多人，把整个教室挤得水泄不通，走廊上也人满为患，就连窗外都挂着人，分分钟让我有了大明星开新闻发布会的感觉。我十分肯定很多人只不过是三分钟热度，为了控制这种局面，校方决定采取收费的措施，每人每月交20美元才可以听课，这对于正在解决温饱问题的当地人来说无疑是天文数字。最后就只有20人来上课了，大学生和老师分成一个班，社会上的其他人分成一个班。班里年纪最大的70岁，最小的8岁。其中有4个是老师，一个70岁，两个60岁，一个55岁，他们学得十分认真，令人感动。

他们在守时守约方面没什么概念。几个学生缺了课，需要我给他们补一补，我爽快地答应了，并跟他们约好了补课时间。结果到约定的时间却不见他们的影子，很多次都是这样。另外，我们的教室和系主任弗兰西斯科及秘书的办公室连在一起，只有一个大门，如果他们上班迟到的话，我们就进不了教室，所以，有时我们上课就像打游击一样，在教学楼的走廊里上过，在校园里上过，在其他老师的实验室里也上过。

这边的女孩子太容易说"我爱你"了。那次演讲结束后，就有个女孩问我怎样才能嫁给一个中国人，另外一个女孩直截了当地问我："你爱我吗？"还有个女孩送了个礼物给我，我打开一看，礼物上写着两个大字"kiss me（吻我）"。一次去校长办公室，一大群人把我围起来问这问那，校长女秘书十分着急，呼啦一下拨开人群，冲上来跟我说话："你有女朋友吗？你觉得我们这儿的女孩子怎么样？"弄得我一时间不知该如何回答，只能说都挺好的。一次在车站等车，碰到一个女孩，她居然问我："你想我吗？"老天，我才跟她聊过一次天！

总之，每天都在发生令人惊讶的事情。

基布多这座小城是太平洋沿岸乔科省的省会城市，城市的发展水平相当于中国偏远地区的一个小乡镇。我在国内读大学期间，曾利用暑假去西部偏远地区做志愿者，教当地学生学习英语，当时觉得那些地区的生活很是艰苦和落后，现在看来那里的环境算是不错的了。

这里接近赤道，非常炎热，属热带雨林气候，一年四季四个夏天，温度高达40多摄氏度，又热又潮。令人奇怪的是当地人似乎十分喜欢热，他们睡觉盖的是被子，根本没有凉席。

他们用的手机很多都是中国制造的，几乎所有电子产品都来自中国。有时候，身边人的手机会突然响起《女人是老虎》或《两只蝴蝶》的铃声来，而我的铃声是"两只老虎跑得快，跑得快，一只没有耳朵，一只没有眼睛"的儿歌。有一次刚上完课，一个学生跑来让我看他衣服上的汉字——我是一只可爱的小动物，其中动物的"动"字写成冬天的"冬"了，不过丝毫不影响他的中国情结。每次上街买菜，一个卖菜的中年人都会使劲地朝我招手，让我买他的菜，他的衣服上写着"天下第一剑"的汉字，衣服上的图画是两位剑客正在舞剑。

虽然这个地方很落后，但物价却比北京高很多。我租住的这个被称作酒店的地方，实际情况类似于国内西部小城一晚上几十元的小招待所，房间只有6平方米，只能放下一张床和一个小桌子，一个月的房租居然高达600美元。房间里有一台12寸的金星牌微型电视机，由于房间太狭小了，电视被吊在空中，每次看电视我都得把头仰得高高的。为了舒服点，有时我干脆站在床上看，这样我的眼睛和电视正好在同一水平线上，但这样哪是什么娱乐放松啊，站上10分钟就觉得腰酸背痛。这边的食物很不卫生，每次吃饭我都是提心吊胆的，一边提防苍蝇来抢我的食物，一边还得检查汤里是否有一只苍蝇在游泳，而且每次吃饭前千万不能去厨房参观，否则饭菜绝对难以下咽。这个被称作酒店的地方居然没有热水，我始终无法适应用凉水洗澡，每次冲澡之前都要先做一阵思想斗争，然后像要英勇就义一般冲进冷水里。还有，每天晚上总有几只"可爱"的小动物到我房间里做客，最常见的是小老鼠、蜈蚣、硕大无比的蜘蛛，有时还会爬进来一条蛇，然后我就勇敢地把它灭掉。这真是个锻炼胆量和捕猎的好地方，不用出门，动物自己送上门来，而且每次都会有收获。

　　一次，我正走在大街上，突然一只鸟儿从我头顶飞过。我怕它会把屎拉到我身上，就一个箭步闪在大树下，谁知那只鸟儿飞了过来，落在树梢上，对着我叽叽喳喳，仿佛在说："小伙子，不用担心，我是不会把屎拉到你身上的……"

超级大厨

中国饮食文化博大精深,源远流长。中国菜在国际上颇受欢迎,就连我做志愿者的大学餐厅里,居然都有当地人经营的摊位在卖中国炒面,而且还备有一次性筷子。

谁不说自己家乡好啊,在我的教学过程中,我自然会讲述在中国生活的各种美好,以至于我的学生们都坚信中国好,而且十分认真地做起了中国梦。一位女生十分夸张地告诉我,她正在苦练游泳,万一将来申请中国签证被拒,就算游过太平洋她也要游到中国去。

一个朋友打趣我:"为什么南美洲的天空这么黑?因为牛儿在天上飞。为什么牛儿会在天上飞?因为吴大利亚老师在地上吹。"我反驳他道:"你这人真不爱国,谁不说自己家乡好啊?再说了,我们中国可是有着几千年历史和文化的文明古国。"

在宣传中国历史文化的同时,我自然少不了赞美中国的美食。一个学生找来一本介绍中国美食的西班牙语版本的书,书中那一幅幅精美的图画,仿佛散发着诱人的香味。讲到北京烤鸭和寿面这一课,我想不能总是画饼充饥吧,实在无法忽视学生们垂涎欲滴的样子,于是决定要好好露一手。

在网上跟好友奇奇聊天,顺便提到要教学生们学做中国菜的事。奇奇对我的厨艺大吹特吹,搞得我飘飘然。奇奇不愧是我的挚友,总能在关键时刻给我

▲ 瞧，我做的大餐

以动力。经他这么一鼓励，我也忘了自己的真实水平，觉得自己已经是个超级大厨师了，便决定做上几道高难度的大菜。我抱着菜谱研究了几天，临阵磨枪，不快也光。

学生们对这节课十分支持，都积极响应，争先恐后地把他们自家的厨房贡献出来。最后我们决定去何塞老师家上这节课，因为他家的厨房能容得下所有学生。

我们从下午两点就开始准备晚饭了。做饭前，我说："我们要在一个下午做好大家朝思暮想的饺子，炒六道菜，再加一个鲜汤。"有些学生对北京烤鸭念念不忘，提议一定要学一学做北京烤鸭，没有调料和工具没关系，做成哥伦比亚烤鸭也行。"饱的吊死！"（西班牙语"Por Dios"的谐音，中文意思："老天"）我哪里会做什么烤鸭啊！突然十分后悔在课堂上把北京烤鸭夸得那么好。我安慰他们，由于做北京烤鸭的工序十分烦琐，我们只能通过视频来了解了，将来大家只有去北京旅行时再实践了。我们一边欣赏着经典民歌《九九艳阳天》，

▲ 超级大厨在南美

一边开始工作了。

我先和面，然后将面擀成一张张的饺子皮，没有擀面杖没关系，用玻璃杯来代替。女生们帮我把肉、葱和萝卜全剁碎，我再做成饺子馅。等全部完工后，大家一起包饺子，有说有笑，很是热闹与兴奋。但他们包出来的饺子个个硕大如石榴，很多都露馅了，仿佛在咧着嘴笑。女生们很有艺术情调，用刀叉在包好的饺子上压一压，搞出一些漂亮的花纹来。一个学生问道："吴大利亚，怎样才能判断在饺子馅里放多少盐正好合适呢？是否有一个标准？比如说，可以用天平称一称，多少盐正好配多少肉馅？"我跟他说，我们中国人做饭向来不需要天平等测量仪器，由于饺子馅是生的，所以没法尝，只有靠经验来放盐了。记得以前曾看过一篇描写西方人做饭的文章，说是西方国家某个人家的厨房里居然放着天平、量杯等测量器具，再加上各色瓶瓶罐罐，那哪里是厨房啊，分明就是化学实验室。

开始炒菜了，我先公布六道大菜的菜名，依次为"关公战秦琼""蚂蚁上树""群英荟萃""啤酒鸡""醋熘白菜""年年有余"。学生们如坠五里雾中，不知所云，我打算一边炒菜一边给他们解释。

第一道菜，"关公战秦琼"，实际上就是西红柿炒鸡蛋。我先把关于关公和秦琼这两位处于不同时代的武将的历史故事讲给他们听。在历史故事中，由于这两位武将一个是红脸，一个是黄脸，所以就给西红柿炒鸡蛋赋予了这个带有浓重历史色彩的名字。学生们听完笑呵呵的，菜名背后居然有历史故事，边学做菜边了解中国历史，真是一种享受。谁知一道很普通的家常菜，加上讲故事，做了将近一个小时。再简单的菜，有个漂亮名字，又有人物形象栩栩如生的历史故事，这菜也就显得超凡脱俗了。

第二道菜，"蚂蚁上树"。我把这道菜的字面意思讲成西班牙语，还没来得及进一步解释，只听学生们很惊讶地"噢"了一声。一个学生跟我说："吴大利亚，听说在中国有人吃狗肉和稀奇古怪的东西，难道我们真要抓几只蚂蚁并砍些树吃吗？"我正要跟他们解释，另外一个学生又对我说："酸梨（宣立，西方人发 X 这个音时，总是发成 S），我们当地人也有吃蚂蚁的风俗，至于树，我们倒从没吃过，虽然我们哥伦比亚是发展中国家，但还没有穷到需要吃树的地步。"我给他们解释，我们中国人很会发挥想象力，往往喜欢给一些饭菜赋予一些生动形象、富有内涵的名字，例如仙人指路、夫妻肺片、鸳鸯汤、二龙戏珠、万寿无疆、佛跳墙等，实际所用的食材跟菜名可是大相径庭的。中国的这种菜名文化在西方人的饮食文化中是没有的，所以他们理解起来总是顾名思义。幸好没教他们做夫妻肺片，不然他们准会想，我们是不是要先放倒一对夫妇，然后把他们的肺挖出来……真可怕！如果做"万寿无疆"的话，他们又会想，吃完那道菜，大家都成长生不老的仙人了。我进而解释道，我们中国人追求的是美学的饮食观念，我们喜欢把饮食和精神享受很浪漫地结合在一起；中国菜不仅是一种艺术，也是一种文化。中国菜不仅讲究色、香、味，而且还要配上一个极具文化内涵的好名字，比方说"贵妃鸡""东坡肉"，这类菜名就很有文学气息。而西方人的饮食观念是非常直观与实际的，一般不会跟精神享受挂上钩，吃饭就是吃饭，就是为了填饱肚子，鸡就是鸡，鸭就是鸭，萝卜、洋葱各色生菜放在一起也绝对不会变成"群英荟萃"。

第三道菜，"群英荟萃"，实际上就是许多蔬菜聚在一起"开会"，有萝卜块、黄瓜条、大葱条、西红柿块、洋葱条等，各种颜色的食材搭配在一起，放在绿色生菜做底衬的大花圆盘子里非常好看，大家吃完这道菜就都成英雄好汉了。学生们听完菜名都感觉很有意思。其实哥伦比亚也有这道菜，叫作"沙拉"，我觉得太过于理性了，没有一点儿艺术情调，相较之下，我这个"群英荟萃"比"沙拉"更有味道。

第四道菜，"啤酒鸡"。还是女生们比较勤快，她们都认认真真地做着笔记。厨房里的温度高达40摄氏度，一位女生拿了一把扇子给我扇风。先把鸡翅炸一炸，放上切好的葱姜蒜，再放酱油，此时香味已飘满全屋。最后一道工序，倒入啤酒炖一炖，这真是让他们大开眼界，啤酒居然还可以做菜！刚做完，一个可能从未做过饭的男生就问我："老师，感觉这道菜非常好吃，我想好好学一学，但我没看清楚，切2瓣蒜还是3瓣？具体应该切几片姜呢？放2滴芝麻油还是3滴呢？"我告诉他："做中国菜很自由，不必太机械，分量的多少完全根据自己的口味和人数的多少来放。对于蒜和姜，如果人多做的鸡肉也多的话，你就要多加一些。如果你喜欢芝麻油也可以多加一些。"他听完还是觉得找不着北。也难怪，他们南美人的饮食观念与中国人的截然不同，他们认为，吃饭是为了生存，所以他们不太关心食物的色香味形，关心的是每天必须准确地摄取多少克的维生素、蛋白质等营养成分，在这方面，他们显得很机械（实际上，我倒觉得他们的饮食习惯很不科学，因为他们一日三餐都离不开油炸食品）。所以，他们做菜要严格地根据菜谱，小心翼翼地完成每一步，葱1棵、盐2克、蒜3瓣、油4滴，跟做原子弹实验一样，一点儿都不会变通，做个小菜也要大动干戈一番。

第五道菜，"醋熘白菜"。学生们看我往白菜里放糖感觉很新鲜，原来糖除了配茶喝还可以用来炒菜（哥伦比亚人及其他南美人经常往龙井茶里放白糖）。

第六道菜，"年年有余"——红烧鱼。"鱼"和"余"是谐音，代表着美好愿望，年年富裕。

最后一个是"鸳鸯汤"。打两个鸡蛋做成蛋花汤，再放上几片西红柿，特别简单。六道大菜加一个鲜汤全部完工，顺便告诉他们鸳鸯代表着爱情。他们纷纷称赞我的西红柿蛋汤就是一幅画。

看着挺简单的，学生们早已兴奋得摩拳擦掌，满怀激情地说在一个小时内搞定一切。他们自由组合成几个小组，挥汗如雨、热火朝天地干了起来。有一组学生做西红柿炒鸡蛋，还没等油热就急不可待地把鸡蛋弄下锅了，结果鸡蛋全成了稀汤状，成蛋糊了。另外一组学生好不容易等到油热，结果他们先把西红柿扔到锅里，然后又把鸡蛋浇到西红柿上，成了西红柿粘鸡蛋汁了，他们大喊："快来帮忙啊，关公和秦琼已经打得粘在一起了。"做"蚂蚁上树"时要把肉切成肉末，越小越好，而他们却把肉切得巨大，最后"蚂蚁上树"成了"螳螂上树"。有一个男生做"蚂蚁上树"时放了很多肉，只放了一丁点儿粉条，一个女生打趣他道："你的树跑到哪里了？是不是都被螳螂吃光了？"有一组全是男生，他们在家肯定过着衣来伸手饭来张口的日子，显然没做过饭，他们做"年年有余"时居然没刮鱼鳞，直接把鱼扔到锅里，然后盖上锅盖就不管了，也不给鱼儿翻翻身，就这样让鱼儿"自生自灭"，后来，可怜的鱼儿自然被搞成了"黑脸包公"。还有一组，把糖当成了盐，炒出来的菜全是甜的。当然了，表现最好的还是女生，她们心灵手巧，做得又快又好，而且味道很接近中餐。

终于，大家磕磕绊绊地做完了菜。除了女生组做得像模像样，其他学生做的没有一道菜是像样的，不是焦黑的，就是夹生的，但我还是高度赞扬了他们一番，夸他们心灵手巧，"母已带来罕蛋"（西班牙语"Muy Inteligente"的谐音，中文意思：真聪明）。然后我给每人发了一双筷子，让他们练习用筷子吃饭，又给每人沏上一杯茶，大家吃得兴高采烈。很快就学会用筷子的学生用筷子夹着饺子颤抖着送到口中，然后做着十分夸张的享受表情，进而十分骄傲地向别人传授自己的经验，令那些死活也学不会用筷子的学生羡慕不已，继而他们请那些会用筷子的学生用筷子把饺子夹起来喂到他们嘴中，也算实现了用筷子吃饭的梦想，用筷子来吃饺子一定香极了。一些学生继续用刀叉来吃饺子，他们像割牛排一样残忍地把饺子割得面目全非，最后饺子都变成一小块一小块，馅和皮完全分离，还说要是配上奶酪就更好吃了。早知如此，我们就不用包了，直接把饺子皮和肉馅分开煮，大家都省事了。

他们都说这是他们有生以来吃过的最有意思的一顿饭。何塞从一个瓶子里倒出来一只硕大的蚂蚁让我吃，还说是特意为我准备的，很有营养，并说刚才我们吃的是假蚂蚁，现在吃真的。这件事之后，学生们连上课都把筷子装在口袋里，以便利用课间休息时练习上一把，用筷子夹夹笔，夹夹橡皮，夹夹书，再夹夹同桌的胳膊。

后来校长听说了此事，点名一定要让我做一次大盘鸡，真是个见过世面的校长，居然知道中国的大盘鸡。没有面条怎么办？没关系，所谓的大盘鸡，顾名思义，就是炒一只鸡，用一个大盘子装就是大盘鸡了。

◀ 我做的彩色水饺

我会功夫

由于毒品充斥着哥伦比亚，哥伦比亚的社会问题十分严重，暴力事件频发。而位于哥伦比亚西北部的乔科省又是重灾区，那里是哥伦比亚走私武器和毒品的主要通道。大多数的谋杀与绑架案都与毒品有着千丝万缕的联系。尤其是20世纪80年代后期，哥伦比亚的暴力事件层出不穷，各类贩毒集团的私人武装也遍地开花，当时的哥伦比亚被称为"暴力的天堂"。

不过，自从乌里韦担任总统后，情况已大为好转。再后来，在桑托斯总统的不懈努力下，哥伦比亚政府最终同该国最大的反政府武装——哥伦比亚革命武装力量正式签订了一份历史性和平协议，结束了国内长达半个世纪的血腥武装冲突。同年诺贝尔和平奖颁给了积极推动内战结束的哥伦比亚总统桑托斯。

我做志愿者时，乔科省的治安状况不容乐观。

来到乔科省的基布多后，我发现当地街头令人十分紧张，军人或警察都是一级戒备，手持冲锋枪、身穿防弹衣，好像随时准备战斗一样。刚开始，我还很天真地想，也许他们拿着冲锋枪只是吓唬一下歹徒，里边不会有子弹的，在好奇心的驱使下，我傻乎乎地问了一个警察，才知道是真枪实弹。而且我注意到当地有很多残疾人，学生们告诉我很多人是由于暴力事件而致残的，没有腿的是因为在乡间行走时不小心踩上了地雷，没有胳膊的一般是被别人打伤致残的。据哥伦比亚政府统计，该国拥有世界上最多的地雷受害者……

因为治安状况十分糟糕，所以每当有人问我是否会武术，我都说会。我的的确确学过武术，并持有武校的毕业证书。我也实打实地在学校里教过几节武术课，花拳绣腿地随便比画一下就能让学生们佩服得五体投地。记得刚上第一节课时，学生们坐得端端正正，大气也不敢出，我感觉不太对劲，就问他们怎么回事，他们说害怕我会打他们。我终于明白了，在他们眼中，中国男人个个都是少林弟子。当地报纸对我进行报道时的标题是"乔科科技大学来了位中国武术大师"。这样宣传效果很好，后来我走在大街上，如果有人想上来跟我搭讪或不怀好意，我只要狠狠地瞪他一眼，就会把他吓得抱头鼠窜。而且，我喜欢经常穿那件带有李连杰威猛形象的功夫衫，如果有人想打我的主意，他得好好掂量掂量我的拳脚功夫。所以在这个小城里绝对没有人敢抢劫我，但是同一所学校的那个可怜的法国老师，却先后被抢劫了多次。

我在枕头下放了100万比索（1万比索约等于40元人民币），如果有一天歹徒突然破门而入，我赶快把钱给他们，他们就不会绑架我了。

何塞是和我同一所大学的老师，有着与马克思同款的胡子，他也是我的学生，对汉语和中国文化非常着迷。因为有何塞，我在哥伦比亚的生活精彩了很多。一次，我被何塞拉着去听音乐会。我根本不想去，因为我觉得我的欣赏水平有限，而且晚上不安全。何塞说："跟你一起去我就什么也不怕了。"我心想，你不怕，我怕。最后，我们还是去了，结果音乐会听了一半我就睡着了。

回家的时候下起了毛毛雨，我和何塞走在无人的街上。我暗想，如果何塞知道我武术水平一般，会不会紧张得发抖？好像何塞也感到很害怕，他问我："吴大利亚，要是这会儿出来一个歹徒怎么办？"我答道："放心吧，不要说一个了，就是来上两三个，我也能轻松对付。"说这话的时候我的声音有点儿颤抖。谁知话音刚落，街角处突然冒出一个十分健壮的歹徒，手里拿一把明晃晃的匕首，只说了一句话："钱包。"只听何塞用颤抖的声音说："你可看清楚了，这可是来自中国的武术大师。"千钧一发之际，何塞还不知道我只是一只纸老虎，居然还如此有信心地拿我当挡箭牌。得了，豁出去了，我一边摆着武术架子，一边喊着："排山倒海！"那个歹徒神色骤变，大叫："啊！杰的梨（Jet Li：李连杰的外文名）！"随即以百米冲刺的速度逃得无影无踪。

▲ 何塞

"快跑！"我大喊一声，立刻拔腿就往反方向跑去，何塞紧跟着我也跑了起来。

"你跑什么跑？"我跑了一阵子后冷静下来，感觉不对劲，就停了下来问何塞。

"我看你跑了所以才跟着跑的。"何塞气喘吁吁地说。

"不对啊，明明是我们把那个歹徒给吓跑了。"我说。

"对啊！"何塞说，"我们不应该往反方向跑的，我们应该追才对。"

我这才醒过神儿来，刚才是由于紧张过度而条件反射地往反方向跑了……

"吊死猫！"（西班牙语"Dios Mio!"的谐音，中文意思：老天！）我大出了一口气，终于给糊弄过去了。我悠悠地擦去额头的冷汗，"算他跑得快，要不然，看我不把他打得满地找牙。"我得意扬扬、大言不惭地跟何塞说。

何塞对我佩服得五体投地，没几天，我夜战歹徒的英雄壮举就在这座小城里被传得沸沸扬扬了。

◀ 无论局势多么动荡不安，人们依然随时随地起舞

◀ 基布多的黄昏

探访印第安原始部落

自从上次成功地夜战歹徒后,何塞便频频约我一起去"危险"地区旅游观光。说来也怪,哥伦比亚那些壮丽的自然和人文景观几乎全在游击队的控制区里。

何塞对印第安文化非常感兴趣,假期来临,他约我一同前往北部圣玛尔塔雪山地区参观印第安古迹。我获悉之前有7名外国游客曾在那里被反政府游击队绑架。人命可比探古寻幽更重要,我自然不敢去。

何塞又说:"在乔科省南部的热带原始丛林中住着一个叫'九咖'的原住民部落,他们的行为方式非常奇特,想不想开开眼界啊?"

"是吗?"我立刻来了兴趣,便问他:"那个原始部落吃不吃人啊?"

何塞哈哈大笑道:"那是亚马孙森林里的食人族,乔科省是没有的。我认识附近小镇的镇长,他认识那个原住民部落的首领,所以不会有任何危险。"

我意识到我问何塞的问题跟我刚到基布多时学生们问我的问题大同小异,一样地可笑。我接着问:"那里有很多游击队吗?"

何塞答道:"跟厄瓜多尔接壤的丛林里的确有游击队,但我们要去的丛林里没有。"

实际上,我的这个问题十分幼稚,乔科省的游击队在哥伦比亚是最多的,但何塞说得那么肯定,我相信我们运气很好,不会撞上游击队,就答应了何塞。

于是，8月的一个阳光明媚的早上（实际上，基布多天天是阳光高照），何塞、他儿子和我3人驾着他那辆老爷车出发了。我准备了很多三明治，以防老爷车半路抛锚，以及到了乡间"荒山野岭"找不到餐馆。基布多作为省会城市，那些餐馆已经够破烂不堪的了，所以到了乡下，就别指望能找到吃饭的地方了。

乔科省的路况实在不敢恭维，刚出城不到20分钟，道路就开始崎岖不平了。我们不仅系紧了安全带，还要用手抓紧车窗上方的扶手，颠簸的汽车还是把我们抛得老高，偶尔头碰到了车顶。

路两旁全是郁郁葱葱的丛林，只有一条小路向远方延伸。我感觉很奇怪，人们为何不种庄稼呢？留下这么多的丛林供游击队藏身？何塞提醒道，乔科省是热带雨林气候，哪儿适合长庄稼啊？

一路上全是绿色，极目远眺，一望无垠，犹如波涛起伏的绿色海洋。各种野花在山顶或林间，处处盛开着，姹紫嫣红，光彩夺目。偶尔会遇到一条小河，河水清澈见底。这里的空气非常清新，没有任何污染，偶尔还会出现几座俊秀的小山，非常漂亮，能够这样亲近大自然让人感到很愉快和放松。实际上，哥伦比亚的乡间风景很壮丽，只不过有很多游击队，人们都不敢贸然行动，所以无法领略了。我们一直往南走，越走越靠近赤道，所以也越来越热。我们在崎岖的小路上颠簸了两个多小时，到了一个叫"春天"（primavera）的小镇。说是一座小镇，实际上给人的感觉是在原始丛林中开垦了一块土地，盖了几间房子。名字很好听，是"春天"的意思，实际这里却是炎热难耐的。

我已经热得晕头转向了，无法从大脑中搜索到合适的词汇来形容这儿的热度，只感觉生鸡蛋里随时可以爬出小鸡来。这一路上，我们一直听着《你冷不冷》和《拒绝融化的冰》这两首老歌来降温。

我们找到了何塞的那个朋友，他叫卡米罗，九咖族人。12岁那年，他遭遇游击队，被带进游击队的秘密营地做苦工，一做就是8年，其间他被辗转了不下30个营地。后来，在政府军拯救被绑架的人质时，卡米罗也获救了，与那些被绑架的"达官贵人"相比，他是非常幸运的。再后来，他在政府的资助下，在基布多上了几年学，接受了一些新思想，不愿再回去过原始人的生活，就来到这个小镇工作，这里毕竟离他的家乡很近。

▲ 天天暴晒的基布多

我心里直感叹，好不容易走出了丛林，为何不在大城市找份工作，偏要来这种自然条件极其恶劣的地方呢？或许这里有他的依恋。我曾问何塞，你是波哥大人，为何不在波哥大的大学里教学而偏偏来到环境恶劣的基布多？结果他反问我："你为何不待在少林寺学功夫而跑到哥伦比亚来？"

卡米罗告诉我们，那个部落在"春天"小镇西南方向的丛林中，约两个小时的步行路程，由于那里人迹罕至，没有道路，我们需要徒步。听到这话，我心里便开始打退堂鼓，暗暗叫苦不迭。卡米罗提着一把砍刀，我们出发了。

路上，我问卡米罗有没有特别需要注意的地方，免得我们一不小心冒犯了原住民印第安人，被他们吊起来。卡米罗强调说九咖族视拍照非常不吉利，以前有游客因为拍照被吊起来打，所以叮嘱我们一定不能拍照。我暗想，我们可以做"战地记者",悄悄地拍。

原始丛林中,古木参天,遮天蔽日,有些树木高大挺拔仿佛直插云霄,有些树木粗壮笔直宛如铜墙铁壁。各种奇花异草竞相争艳,令人目不暇接。我们就这样走啊走,我紧紧跟在何塞后边,用手牵着他的衣角,免得一不留神把自己给弄丢了,也顾不上好好欣赏风景了。丛林里又潮湿又炎热,偶尔能听到几声鸟叫。唯一感到好的地方就是茂密的参天大树几乎把阳光全部遮住了,我们不必遭受暴晒之苦。丛林里阴森森的,我问何塞,这里不会有什么怪兽吧?他笑呵呵地说:"这里不是亚马孙森林,没有大怪兽,顶多有几只蛤蟆、老鼠罢了。"

走累了,大家坐在一片空地上休息。突然,听到一阵"哼哼"的声音,我们不约而同朝那边看,只见一只长得像野猪但绝对不是野猪的怪物出现在我们前面。它牙齿尖长,头上顶着一对角,身体跟野猪一般大小。我们几个怔怔地呆在那里,怔了大约30秒,那只怪物发着可怕的声音,吹着号角,开始向我们冲过来。说时迟那时快,何塞和卡米罗4只手一伸,正好捉住了它的角,牢牢地按住了它。于是,他们就这么和怪物对峙着,势均力敌,看不出任何一方占了哪怕一点上风。在这种情况下,我怎能袖手旁观呢?我捡起地上的砍刀,冲到怪物背后,照着它的屁股,抡起砍刀就是一阵乱砍,结果它的屁股上居然只出现了几条血印而已,终于见识到了"猪屁股"原来如此之厚。就在何塞的儿子也冲上来准备帮忙时,怪物因屁股上受了伤,突然发了狂,挣开何塞和卡米罗夺路而逃。穷寇莫追,我们自然没有雅兴在这荒郊野岭去追赶什么怪物。

令人心惊肉跳的小插曲之后,我们继续往前赶路。突然,眼前豁然开朗,在群山绿树的掩映中,一条飞瀑如脱缰的野马冲泻而下,形成了冲天而起的漫天水雾。瀑布下面有一个大水潭。此处的风景相当秀丽,流水潺潺的小河,郁

▲ 飞流直下

郁葱葱的各类植物，树梢上安逸的鸟儿，远处伟岸的高山，瓦蓝瓦蓝的天空，真正的万里无云，真是个富有诗情画意的地方，绝对是世外桃源的现实版。要是面向瀑布，盖栋房子，跟自己相爱的人住在这里，相守一生，远离红尘，返璞归真，过的就是"采菊东篱下，悠然见南山"般的浪漫生活了。面对眼前的美景，令人禁不住遐想联翩，心旷神怡。如果我是诗人的话，定会赋诗一首来抒发一下情怀，可惜我不是。当我张开双臂，激情高昂地"啊！"了几声后，大脑中死活也搜索不到壮丽的词汇来形容自己当时的感受。他们几个怪怪地看着我，搞得我很尴尬。

我提议在此处休息一下，刚才"大战怪兽"后我们身上都沾了"猪臭"味，也需要洗一洗了。他们3人急不可待地脱得一丝不挂，在离水潭还有几米远的地方便赤身裸体地冲了过去。我带着水里有未知的小动物的恐惧一人待在岸边洗洗手、洗洗脸，欣赏欣赏美景。把脚放在水里，小鱼儿便游上来亲吻我的脚。何塞大喊让我下水，我说水里可能有小动物，何塞拍着胸脯说他保证不会有任何危险，我一再坚持待在岸上，他叹息道："胆小鬼啊，胆小鬼！"经他这么一激，我也脱了衣服跳下水，好凉快啊！我们兴奋地在水里打水仗，感觉我们4个像原始人似的。

玩闹之后我们继续赶路。在刚才看到的那座山的山脚下有一条小河，河岸上有一片小茅屋，那就是九咖部落的村子了。我在想，那些原始人会不会脸上涂得五颜六色，头上、身上插满了五彩的羽毛，拿着刀啊、矛啊之类的武器把我们包围起来。但我设想的情景一直没有出现，感觉平时电影看多了。从茅屋里出来一个身高1.6米左右、披头散发、几乎赤身裸体的人，全身只用几根小树枝编制的衣服遮住下半身的私密部位。卡米罗忙着上前用他们原住民语言跟他打招呼，然后他们面对面站着，摊开双手，手掌心对着对方，并互击了一下，显然他认识卡米罗。不过，他看到我这个东方人时感觉很惊讶，眼睛里充满着戒备，卡米罗跟他说大家都是"好地瓜"（原住民语言，"朋友"的意思），他才放下戒备之心，上来跟我们做同样的动作。

他带我们去见部落首领。通过那片茅草屋时，只见空地上聚着一群人，无论男女，全都是披肩长发。他们身上散发着一种奇特的气味，大概是某种奇花异草的气味。他们皮肤黝黑，不知他们的祖先是地道的印第安人，还是几个世纪前被贩卖到这里的非洲裔逃难到密林中的。卡米罗告诉我们，这里的男子身高一般在1.6米左右，女子身高在1.5米左右。部落首领也是一头长发，与其他人不同的是他身上穿着用兽皮做的内衣，显得文明一些。他头上的确戴着用五彩的鸟羽毛做成的"王冠"，高高耸立着，显得很神圣。他大约有60岁，体格非常健壮。

我送给那位首领一把中国古扇作为礼物，解释说扇子是可以用来降温的，给他演示怎样用扇子。他像一个小孩儿似的兴高采烈地扇扇子，感觉很好玩。

看到他那样，我心头不免升起一丝悲哀，当年西方强盗可是用一些不值钱的小玩意儿贿赂非洲原始部落的首领，然后抓了很多部落的人运到美洲做奴隶。礼尚往来，他送我一块动物骨骼做礼物。据说，他们整个部落现在就只有一百多人，以前有几百人。在20世纪90年代，他们的村子被游击队发现，游击队员强迫他们干苦力，还屠杀了很多族人。后来为了避免游击队的骚扰，他们迁徙到此地。

捕猎的壮丁们凯旋了，他们捕杀到两只大野猪，还有其他一些不知名的动物。部落首领邀请大家吃烤野猪，看来我们的运气很好。在一片空地上，他们支起了一大堆篝火。这是我第一次参加篝火晚会，虽然不是在晚上，虽然我热得头晕眼花，但依旧十分兴奋。两只大野猪被挂在火上烤了起来。快熟时，他们在肉上面洒了一些微微泛红的液体，夹杂一些半白半黑的颗粒状东西。听卡米罗讲那是他们用的盐，是从附近的山上搞来的。哥伦比亚的地形很奇特，矿产很丰富，有时候山里边居然能挖出盐来（哥伦比亚首都波哥大北边不远处的盐矿大教堂就是一例）。相对来说，九咖部落算是比较现代的了，亚马孙森林深处的那些原始部落，连盐都不吃。

开饭了，大家把肉分成很多块儿，每块儿都挺大的，大家围坐在一起啃肉，虽然味道很不好，但我们还是让卡米罗翻译说非常好吃，他们听了非常高兴。我正啃着肉，一个打猎的壮丁凑了过来，十分友好地拿着他那啃了一半的野猪腿让我接着啃，说这块骨头很香，可他那冲天的口臭味简直要把我熏倒了。通过卡米罗我才知道，两人合啃一块骨头表示友好团结，无论食物如何匮乏，九咖族也会坚持"有福同享，有难同当"的原则。我只好入乡随俗，接着啃他那沾满了口水的肉。接着，何塞和他儿子也受到了这种"礼遇"。我瞥了卡米罗一眼，他正在嬉皮笑脸地幸灾乐祸。

"酒足饭饱"之后，居然也有娱乐节目，那就是大家围在一起跳舞。跳舞之前，他们把一个硕大的木制乌龟放在篝火旁边的一片大叶子上，然后大家就开始跳舞了。卡米罗是本族人，所以跳得八九不离十，何塞和他儿子则蹩手蹩脚地模仿着他们瞎跳。然后，大家手拉手围着篝火转圈，也不知转了多少圈，直感到周围的山啊、水啊、树啊都在一起旋转。接下来的场面令人万分惊讶，他们接下来所跳的舞蹈跟基布多人喜欢跳的火辣性感艳舞——雷鬼舞很相似。难道基布多人的性感艳舞的灵感来源于印第安原始部落？雷鬼舞是种性感开放的舞蹈，但用"性感、开放"这些词汇来描述九咖族的舞蹈就显得极度苍白无力了。只见男子们个个假扮成野兽的模样，表现着野兽在发情时的狂态，"歇斯底里"地咆哮着；女子们则个个嘴里叽里呱啦地唱着"赞美歌"，男子们围着女子们又叫又跳。

最后他们围成几个圈，跪倒在那个硕大的木制乌龟前，双手手心朝上摊在地上，前额埋在手掌心，就这样十分虔诚地跪拜在那里，这个动作持续了大约20分钟。我和何塞都傻傻地看着他们。我不禁感叹："世界之大，无奇不有！"

下午3点，我们也该回去了。走在回程的路上，我兴奋不已，这是我来哥伦比亚后遇到的最好玩的事了。快到"春天"小镇时，突然，我们听到不远处有人说话，卡米罗十分惊慌地让大家赶快藏在茂密的树冠后，他脸上的表情极度恐惧。我们4人屏住呼吸，眼睛瞪得大大的，注视着前面的空地。只见5个手持冲锋枪、身着迷彩服的军人走了过来，他们左胳膊的军服上有红、黄、蓝3种条形竖格子的国旗图案，竖格子的下面连着3条横格子，也是红、黄、蓝3种颜色。很明显，我们碰上了游击队。我们几个都紧张得不得了，身体都在剧烈地发抖，像得了鸡瘟的小鸡子。我和何塞的儿子的身体挨在一起，感觉他比我抖得还厉害。我既兴奋又紧张，感觉甚是惊险刺激。游击队员个个看起来凶神恶煞，所以我也不敢贸然跳出来要求合影留念。他们过去了好一阵子，我们才敢猫着腰，胆战心惊地从树冠后面走了出来。卡米罗证实他们的确是"哥伦比亚武装力量"的游击队员，极其凶狠。我很遗憾地想，如果当时我跳出来给他们一个惊喜，说不定他们还会叫我"阿米糕"，然后我们还能一起合影留念。我对此事一直耿耿于怀，埋怨何塞把我按得太紧，不能动弹，要不然说什么我也会跳出来跟他们合影留念。

这次旅行收获不小，不过，我们也付出了巨大代价，我们几个人身上被蚊子叮了几十个大包，而他们九咖人却没被任何蚊虫叮咬。后来得知，他们经常往身上擦拭一种从植物中挤压出来的汁液，这样身上就会有一种香香的气味，再加上汗味，就成了蚊子的克星，这也是他们身上总是散发着一种很怪的气味的原因。

旅行中最美妙的要数经历过惊险刺激之后所获得的那种快感吧！

▼ 九咖族

门口枪击案

11月5日对我来说是个难忘的日子,因为那一天在我房间门口发生了一起枪击案。

傍晚6点多一点,吃过晚饭,给房间打完杀虫剂,我就到酒店的餐厅里乘凉了。我跟前台那个18岁的服务员聊了一会儿天,正好酒店老板德拉乌也出来了,我俩就聊了起来,商量着下个星期我们一起做中国饭。他就住在楼上,天天闻到我的饭菜香。大概7点钟,我回到房间里看新闻,10分钟后,突然听到门口走廊上有3声清脆的声响,然后有一个什么东西倒地的声音。我暗想,谁这么糟糕,在这里摔啤酒瓶。大概过了10分钟,我又想,该不会是枪响吧,当地的枪击案可是司空见惯的。我决定出去看看,但转念一想,如果真是枪击案,现在歹徒可能还没有逃离现场,那多危险啊!

大概又过了10分钟,走廊上静悄悄的。我蹑手蹑脚地走到门口,十分小心地把门开了个小缝,所有动作没有一点声音。我先看到一只手表被扔在地上,又往旁边看了看,一位男士倒在血泊中,他只穿了个内裤。我敢肯定他也住在这个酒店里。我迅速地把房门锁上,过了一会儿,我想想不对劲,又赶快把灯关了,并把桌子顶在门上。我想报案,但不知道电话号码。前台应该有人,但为何那个可怜的人已经被枪击30分钟了还没有任何动静?难道前台的那个男孩作为目击者也被杀了吗?又过了将近30分钟,我忽然听到一个女孩尖叫了一声，显然她看到了那个受害的男士。又过了一阵子，警察才赶来拍照查看现场，而警察局就在酒店对面。警察数了地上的弹壳说了声"他来死"（西班牙语Tres的谐音，中文意思是"3"），正好跟我听到的3声枪响吻合。然后我听到他们把尸体抬走了，酒店的员工正在默默地擦洗血迹。我的内心很平静，因为我知道暴力在哥伦比亚如同家常便饭。

第二天，酒店里好像什么事儿也没发生一样，走廊里放着欧美流行音乐，一点儿悲哀的气氛也没有。我看见店老板德拉乌正和员工们说着什么，便走上前去问他："昨晚发生什么事了？"

"你听到什么了吗？"

"我听到有很多噪声。"

▲ 基布多街头

"那是一个女孩跟她男朋友疯玩呢。"

我知道酒店为了声誉，尽量掩盖事实。我直接告诉他我听到3声枪响，并看到一个人被枪杀在我门口。然后德拉乌告诉我他也不知道具体发生了什么事儿，那个男的不是酒店的房客，他是从外面跑进来的，后边有人追赶他并把他杀了。但我觉得酒店的大门整天都锁着，外面的人怎么可能跑进来呢？而且那位男士只穿了个内裤，我想他肯定住在这个酒店里。后来，何塞告诉我，此事件肯定与毒品或游击队有关。

实际上那个人被杀我倒不觉得惊讶，让我惊讶的是当地人的反应。当我把这件事儿告诉学生们时，他们一点儿也不震惊，只说了句，很正常。

国家汉办（孔子学院总部）的郭嘉老师跟我商量，安全第一，要不赶快撤掉这个教学点？我想我还没有胆小到如此地步。再说了，还有一个月我就圆满结束教学任务了，半途而废多可惜啊，于是我热血沸腾地说："教授汉语传播中国文化是项光荣的使命，我怎能遇到点儿困难就退缩呢？"如果当时有微信朋友圈的话，此处应该有上千个"赞"……

▲ 发生枪击案的地方——我居住的 Punto Aparte 酒店

自此以后，我万般小心，每晚睡觉都用桌子顶着门，不管谁敲门也不开。一次，服务员给我送衣服，敲了半天门我也没理她，她只好先给我打电话，我才开的门。现在我一听到敲门声，心里就紧张。每天早上开门时，我都像老鼠出洞一般先小心翼翼地看看走廊上有没有可疑之人，然后才敢往外走。

快要离开基布多时，一天我与何塞一起去银行取钱，当时他有些不舒服，忍不住在银行里呕吐了起来，我赶快让他吐在了报纸上。出银行时，我扶着他，他拿着垃圾袋，我们准备找个垃圾箱扔掉垃圾。突然，一辆飞奔的摩托车从我们面前一晃而过，我们还没明白过来是怎么回事，何塞手中的垃圾袋已不翼而飞了。只听周围的人窃窃私语："这两个人真倒霉，刚取的钱就被抢了。"

后来到波哥大做志愿者，依然有一些不安全因素。一个星期六上午，在回家途中，刚走到我住的公寓大门前，突然出现一个人，向我乞讨钱，我给了他2000比索，他突然把他的衣服掀了起来，露出受伤的身体。他说他要去医院接受治疗，需要更多的钱，我掏出钱包打算再多给他一点。他看到我的钱包就上来抢，我立刻使出撒手锏，飞起"无影脚"，正好踢在他的"传家宝"上。他疼痛难忍，我趁机把钱包抢了回来。此时，公寓管理员正好打开大门，我以惊蛇入草的速度冲了进去，她迅速地关上大门。

后来学生们告诉我，他们都被抢过，我的这种举动很危险，以后遇到歹徒，不要反抗，抢什么给什么。主要是我的心肠比较软，见到乞丐都给钱，学生们告诉我，以后不要给任何人钱了，否则就是在自找麻烦。

待嫁的女孩

哥伦比亚的男女比例有些失调,女多男少,而在基布多这个与世隔绝的地方,女多男少的情况更加严重。所以,在哥伦比亚不存在男子娶不到老婆这种情况,相反的情况倒是有的。

在我教的4个班里,有两个班的学生居然清一色全是女生,所以,每次上课时,我只需说"女士们",直接把"先生们"省掉就可以了。一个男生告诉我,他所有的朋友都是女性,没有任何男性朋友。一个女生开玩笑似的对我说:"你知道为什么乌里韦能够连任哥伦比亚总统吗?就是因为他长得很帅,而在哥伦比亚,有众多的女性选民,所以他很容易拉到更多的选票。"

之所以在哥伦比亚会出现女多男少这种现象,原因有三:一、当地人的饮食结构造成了女孩儿出生率稍高于男孩儿;二、政府军与游击队之间长达几十年的内战,毁掉了数千个家庭,导致无数的男子死亡(在课堂上跟学生们练习会话时,我问"你家有几口人?",很多时候得到的答案是"两口人,我妈妈和我",或者是"3口人,我妈妈、妹妹和我");三、根据世界著名的人口生活状况统计机构——法国国家人口问题研究中心近日发布的一项有关全世界绑架案、凶杀案犯罪率的调查,哥伦比亚排名世界前列,而这些暴力的受害者大部分是男性。

虽然哥伦比亚的男人们任重道远,但任何事情都有两面性,那就是哥伦比亚的女孩们十分漂亮，十分养眼。

在基布多西北部的巴雅小城，有一种很有趣的风俗，就是女孩子过了27岁还没有出嫁的话，就要在每年生日的当天，到市中心的露天广场上表演萨尔萨舞。这样，全城的男孩都知道她还是单身，在欣赏她的舞姿的同时，如果喜欢她的话还可以现场求婚。另外，在每年生日的前一天，她都要去当地教堂做义工，擦洗桌椅、打扫卫生等，希望能得到神灵的保佑，保佑她在表演萨尔萨舞时，她的白马王子会出现。很多女孩子就是靠跳萨尔萨舞找到男朋友的，哥伦比亚几乎所有女孩都会跳这种舞，这是嫁人最基本的条件。这种萨尔萨舞在中国也很流行，不过是要付学费来学习的。

一天上完课，一位叫迪娃的女生跟我说，星期天她要回家乡跳萨尔萨舞，因为那天是她29岁生日，而且她还没有男朋友，她已经跳过两次了。听到她29岁了，我很惊讶，因为她看上去像个20岁的姑娘，长得十分甜美，有着南美混血女子特有的气质与魅力。她有着富有朝气的发型、楚楚动人的脸蛋、洋娃娃似的睫毛、会说话的眼睛、挺拔的鼻子、樱桃般的性感小嘴巴、细嫩健康的肌肤、性感的腰部曲线、修长而丰腴的双腿，再加上她走路时婀娜多姿，说话时柔风细雨，更显得风情万种，绝对是《百年孤独》里蕾梅黛丝的现实版，居然还是单身。后来，我们集体去巴雅为迪娃助阵。

星期天是个艳阳天，很多人都到市中心散步或购物。迪娃在她父母的陪同下早早地赶到市中心的广场，并搭建了一个漂亮的舞台，台下摆放着桌椅，她的亲朋好友们组成一支强大的助阵队伍。迪娃前一天已在教堂里做了义工，期望神灵保佑今天可以找到如意郎君。生日当天她打扮得花枝招展，她的父母忙着招待每位前来捧场的男孩子，向他们展示着自己女儿从小到大的各种玉照，展示着女儿亲手缝制的各种布料艺术品，讲述着女儿的各种优点及获得的各种荣誉，描述女儿做的饭菜是如何可口、女儿在家里是如何勤快能干，像推销商品一样。实际上，每隔一段时间在市中心就会有这种单身女孩的萨尔萨舞表演，单身女孩要趁此机会施展自己的舞技和才华。迪娃和伴舞伙伴们跳了将近3个小时，几乎跳遍了哥伦比亚各种流行舞蹈和巴雅当地传统舞蹈，亲朋好友们在中间穿插着各种娱乐节目。

终于，"功夫不负有心人"，一位年轻小伙子上来求婚了。迪娃的父母

▲ 风情万种的迪娃

欣喜若狂，十分热情地拉着小伙子的手"问长问短"，但当那位小伙子说出将来结婚时所期望的彩礼数时（在巴雅，女方给男方彩礼），迪娃的父母面带难色，刚才的兴奋瞬间便消失得无影无踪。在巴雅，嫁出个女儿很难，准备嫁妆更难。依迪娃的长相，要是在中国，有竞争力的追求者肯定是排长队的，而在哥伦比亚，搭上一车嫁妆还是如此难嫁。而且那个求婚的小伙子长相平平，

迪娃的父母居然也不介意。我一个人坐在旁边暗暗地替迪娃愤愤不平，心想，我要是她的家长，定给她凑足路费去中国，让她嫁个中国人都比在此地随随便便出嫁强。后来，我跟她父母如此建议，结果他们认为去中国太遥远了，可望而不可即。我说那就搬到波哥大去，那里男女数量持平，他们又说波哥大是冬天，太冷了，他们受不了的。我有时候觉得他们迂腐得很，我自己也是瞎操

▲ 伴舞的姐妹们

心。每次我给他们讲中国的婚姻状况、讲中国女性在家庭中的地位很高时，女生们都羡慕不已，她们恨不得立刻游过太平洋到中国去嫁个中国先生，她们坚信嫁给中国男人是件幸福的事儿。看来，在哥伦比亚开个婚介所是十分可行的。

不过，迪娃十分幸运，在下午跳舞表演时，一位叫胡安的眉清目秀的帅气男生前来求婚，这简直就是个奇迹。最后，迪娃和自己的白马王子胡安幸福地生活在一起了……

▲ 迪娃与胡安

　　据说，在巴雅，女儿出嫁是一件令父母十分揪心的事情，因为当地风俗是女方家要准备一大堆东西作为嫁妆给女儿。不过，在巴雅，法律规定离婚后，女方可以获得男方的所有财产：房子、汽车及所有存款，甚至家中衣柜里男方的所有东西，包括他的牙刷、剃须刀等个人用品，女方完全可以把男方赤身裸体地赶出家门。另外，男方还要每月付给前妻生活费，直到她再次嫁出去为止。也就是说，一旦离婚，男人将会过上"求生不得，求死不能"的悲惨生活。所以，闹离婚也是女人治男人的杀手锏。

　　与巴雅同在乔科省的基布多，多多少少也存在这种情况，但女孩们相对好嫁一些，毕竟是省会城市。走在回基布多的路上，我一直为巴雅的漂亮女孩们感到可惜。大伙儿叽叽喳喳，提议一定要在今年的圣诞节时组成一个"美女团"去中国相亲。我打算赶快把未婚的几个男性亲朋好友发动起来，没准真能碰撞出火花来，岂不是好事一桩？

悲惨的就医经历

我实在无法适应基布多的艰苦生活和恶劣气候，当地天天40多摄氏度高温，一年四季都是夏天。记得有首令人伤感的情歌唱道，"我的心里永远是寒冷的冬天，一年四季四个冬天"云云，让我羡慕不已，如果他们来基布多的话应该很快就能治愈。

以前一直觉得香港炎热潮湿，气候已经够糟糕的了，现在对比起来看，香港简直就是天堂，而这里的气候简直令人难以忍受！

这里早上的温度是28摄氏度左右，随着太阳升高，温度急剧攀升，11点时我已经一身汗了。下午1点时，温度就到了40摄氏度，有时可到43摄氏度，我身上的汗就像喷泉一样往外涌，所以我一天至少洗3次澡，而当地人居然对我一天洗3次澡很不理解，他们只在早上起床后洗1次澡，晚上睡觉前居然不洗澡，而是伴着一天的汗水睡觉。到了晚上，温度停留在35摄氏度左右降不下来。当地人从来不睡凉席，他们习惯睡在被褥上。我实在无法在这样的温度下睡在被褥上，我把房间的地板擦干净，晚上就睡在地板上，把床也省了。虽然晚上会有"可爱"的小动物到我房间里做客，例如蜘蛛、壁虎、蛇之类的，所以睡在地板上很不安全，但是在高温的逼迫之下，我只有"铤而走险"了。

从到基布多的第一天起我就在我的床头竖了一个倒计时牌子，上面写着离回国还有多少天，以及"伟大的祖国在向我招手"云云。每当有民航飞机从我

给生命加点料
从安第斯山脉到亚马孙森林

▲ 烤得"焦黄"的基布多

窗口飞过时,我都会像电影《卡萨布兰卡》中的主人公一样感叹,要是明天我就在那架飞机上该多好啊!我这人一向十分乐观,每过一天,就离回国近一天,以至于我的心情天天都很振奋和激动。

当地有握手的习惯,他们握手的频率高得惊人,哪怕是天天见面的同学们也要握手。每次我们上课,所有的学生都要跟我握个遍,就算有人迟到,也照握不误。有时坐车,难免与旁边的人相碰,汗津津的,此时,我全身的汗毛都竖了起来。我几乎把我身上能脱下来的东西全脱下来了,但还是汗如雨下。

一天下着大雨,我穿了个短裤,感到稍稍有点凉快,继续摇着我的扇子。学生们十分关心地问我:"吴大利亚,你不冷吗?"我答道:"稍稍有点热。"而在校园中,好多人居然把毛衣都穿上了。显然,他们只喜欢炎热和潮湿。有时候,温度高达43摄氏度,他们也会热得受不了,我就问他们,你们为何不搬到波哥大去呢?他们的回答令我十分惊讶:"我们不能去波哥大,太冷了,那里是冬天。"听到这句话,我真想大笑一场,在波哥大,只穿一件秋衣就可以了,而在基布多人看来那里是冬天。这也是在波哥大很少有非洲裔的缘故。后来我去波哥大做志愿者,发现我租住的房子里居然有烤火用的大炉子,我还以为是用来做烧烤的,谁知房东告诉我,那是冷的时候用来烤火的。

在基布多,人们工作或走路都慢腾腾的,但烧开水或煮鸡蛋却很快。一天下午,我分明看到一只活生生的小鸡从生鸡蛋里孵化出来,看来,以后我吃鸡蛋一定要倍加小心，没准吃着吃着就吃出个小鸡来。

一天，一个学生来学校上课，路上摔了一跤，结果被医院诊断为三度烫伤……

由于炎热潮湿的热带雨林气候，我到基布多的第二天便长了一脸痘痘，这对于一向视脸蛋为第一招牌的我来说无疑是种致命打击。最要命的是我几乎每个月都会病两次，每次都是耳朵里面肿了，每次病因都一样，都是气候惹的祸。在国内时，我住的小区旁边就是医院，但我从未进去过。

我对在基布多第一次看病的经历记忆犹新。那天是独立日，弗兰西斯科用他的摩托车把我送到医院，摩托车在当地算是很现代的交通工具了。到医院后先挂号，由于学校迟迟没给我办理医疗保险，所以一个挂号费就高达3万比索。我当时的耐性特别好，等了将近1个小时，终于轮到我看医生了。一个穿着十分随便而且很年轻的姑娘坐在桌子后面，问了我几个问题，我一直以为她是护士，便问她医生在哪里。谁知她就是医生。我对她的医术十分怀疑，她连白大褂都没穿，而且穿着很暴露，好像下班后要马上去约会一样。她用一个压舌板在我嘴里捣来捣去，然后用听诊器听听心跳，之后她龙飞凤舞地开了一大堆药给我。医院没有药，只负责看病，买药要到外面的药店去。不过，医院可以给患者打针。所以，我就先打针了。打针时一阵钻心的痛，打完针，我发现流了很多血。我暗想，那个女护士八成是嫉妒我比她白，所以才给我打得这么疼！呜呜！

离开医院，弗兰西斯科带着我去药店买药，我坐在他飞驰的摩托车上一颠一颠的，屁股又是一阵钻心的疼。

药店十分特殊，他们居然把药和化妆品放在一起卖，我真怀疑马虎的店员会不会把漱口水当作眼药水来卖，把药膏当牙膏卖，或把阿司匹林当作口香糖卖。总之，药店给我的感觉很不好。而且那个负责拿药的店员一边拿药一边跟旁边的熟人高谈阔论。弗兰西斯科看见了他的熟人,一个很年轻的姑娘,他兴奋地冲上去,在那个姑娘的面颊上亲了一下,当地人有亲吻面颊的礼节。我跟弗兰西斯科说,你的这种行为要是在中国准会被打得满地找牙,他说这就是为何他要学习汉语,学习中国文化,以防将来去了中国由于文化不同而产生误会。回到酒店,我费了九牛二虎之力照着药单逐一核对药品,不出所料地发现他们还是把我的药给弄错了。

  记得上次在警察局注册时,有一项内容需要填血型,我很明确地告诉他,我是O型血,我有国际旅行健康卡和国际接种证为证。他们根本不信,非让我再花些钱到他们指定的医院里验血。

  自此以后,我每隔15天就得去一趟医院,特别是快要离开基布多的最后一个月,那是我第8次生病,而且也是最遭罪的一次。短短两个星期,我一共去了4次医院。事情是这样的,我尝试着做了几次哥伦比亚面条,不知他们的面条是用什么材料做的,十分坚硬,需要煮30分钟到50分钟才能食用,跟煮排骨的时间一样。我好像对哥伦比亚面条过敏,第二天便开始咳嗽,本来是小事一桩,要是在中国就算是庸医也能很快治好,但在这里,却成了久治不愈的大病。第一次去医院,一个年轻的女医生给我开了一堆很贵的药,特别是青霉素注射,疼得我差点晕过去,打完针我就站不起来了。过了几天后,病情不见有任何好转,我只得再次去医院,又换了个医生,但依旧是个年轻的女孩,最后经历跟第一个相同,只得再次去医院,第三次的经历跟前两次如出一辙。而此时,我的屁股上已有10个针眼了。何塞很为我担忧,便决定带我去看一位古巴医生。但我打算去医院再试最后一次,医院里一共就只有4位医生,而且全是年轻女孩。第四位年纪比前3位稍微大一点,但也就30多岁吧。我把前面所有的药单展示给她看,她皱皱眉头,说药开错了,然后她给我开了很少的药,而且给我开的注射针剂一点儿也不疼,打上去几乎没有任何感觉,第二天我就康复了。我不禁感叹终于遇上一个合格的医生了。真不知道究竟是哥伦比亚的药对我这个中国人无效，还是他们当地人医术不高明。对于第四位医生，我是很感激的，至今还保留着她开给我的那张药单。

我深深地感叹，做志愿者真是不易！在做志愿者的过程中，会经历各种各样大大小小的困难和挫折，有过失落和失望，也有过幸福和欢乐，但最终都会归结为成就感。人生本来就是如此，不忘初心才最重要。在志愿者这条路上，请牢记你为什么出发！

▼ 基布多的壮丽风景

守望的天使

费德南德今年9岁，来自太平洋沿岸一个叫努卡的小渔村，现在寄宿在基布多的阿姨家，何塞是他姨夫。在何塞这个中国迷的影响下，他成了中文班上年龄最小的学生。

暑假只放两周，我和何塞打算去费德南德家玩儿，那里邻近太平洋，有一片美丽的沙滩。我一直觉得乔科省很神秘，太平洋沿岸也很神秘。

对于努卡那个小渔村，我有着强烈的似曾相识的感觉，小渔村里有很多用渔草搭顶的草屋，像极了威海的海草房。

有些事情非常奇妙，威海烟墩角和东楮岛跟努卡小渔村隔着太平洋遥遥相望，风情却是相似的。威海烟墩角和东楮岛的海草房已有几百年的历史了，已被列入非遗名录。

那几天，我们就住在海草房里，感觉棒极了……

我27岁生日的那天晚上，酒足饭饱之后，我们3人躺在沙滩上仰望星空。夜风习习，海水抚摸着我的脚丫，我的大脑中闪现着如果在国内会怎样跟家人和朋友一起过生日的温馨画面。

突然，费德南德坐了起来，问我："吴大利亚，你说那满天的星星上会不会住着人？"

小时候读三毛的书，对其极具文艺范儿的表达手法印象极为深刻。我发现自己严重缺乏文艺气息,可能是本身从事金融投资行业的缘故,写出来的文章干巴巴的,没有一丝文艺气息,读者朋友能坚持读到这里实属不易。

另外,我突然想到哥伦比亚大部分居民信奉天主教,在他们的宗教中,天使、圣母玛利亚、耶稣都是存在的,而且天使就是守护神的意思。正好费德南德问了一个这么富有文艺气息的问题,我打算让自己也文艺起来。

于是我用充满文艺气息的口吻回答费德南德:

"星星上住着的是天使,每颗星星上都住着一对天使,满天的星星上住满了天使!"说完这话,我顿时感觉有满天的萤火虫在飞,感觉自己文艺得飞了起来,立马激动得坐了起来。

"天使们现在会在做什么呢?"费德南德问。

"他们在守望远方的孩子。"我说。

费德南德又说:"但邻居叔叔跟我说,天使是不存在的。"

"实际上,天使是存在的,我认识的一个男孩儿,就有两个天使守护着他。"

费德南德很惊讶地问我:"真的吗?在哪里?"

我指着繁星下的大海说:"在大海的对面,在那颗最亮的星星上,住着那两位天使,他们正往我们这里张望。"

费德南德斩钉截铁地说:"有天使守护着,那个男孩儿一定很幸福。"

"是的,他很幸福。"

费德南德很好奇地问:"他的两个天使长什么样子?跟我们在电视上看到的天使一样吗?"

"他的天使们也同样长着一对翅膀,翅膀下面是他们守护着的孩子,他们是慈祥的,但他们也是很辛苦的。"

他又继续问道:"为什么他的天使们很辛苦?"

"因为他们每分每秒都要守护他们的孩子,替他挡风遮雨,虽然很苦很

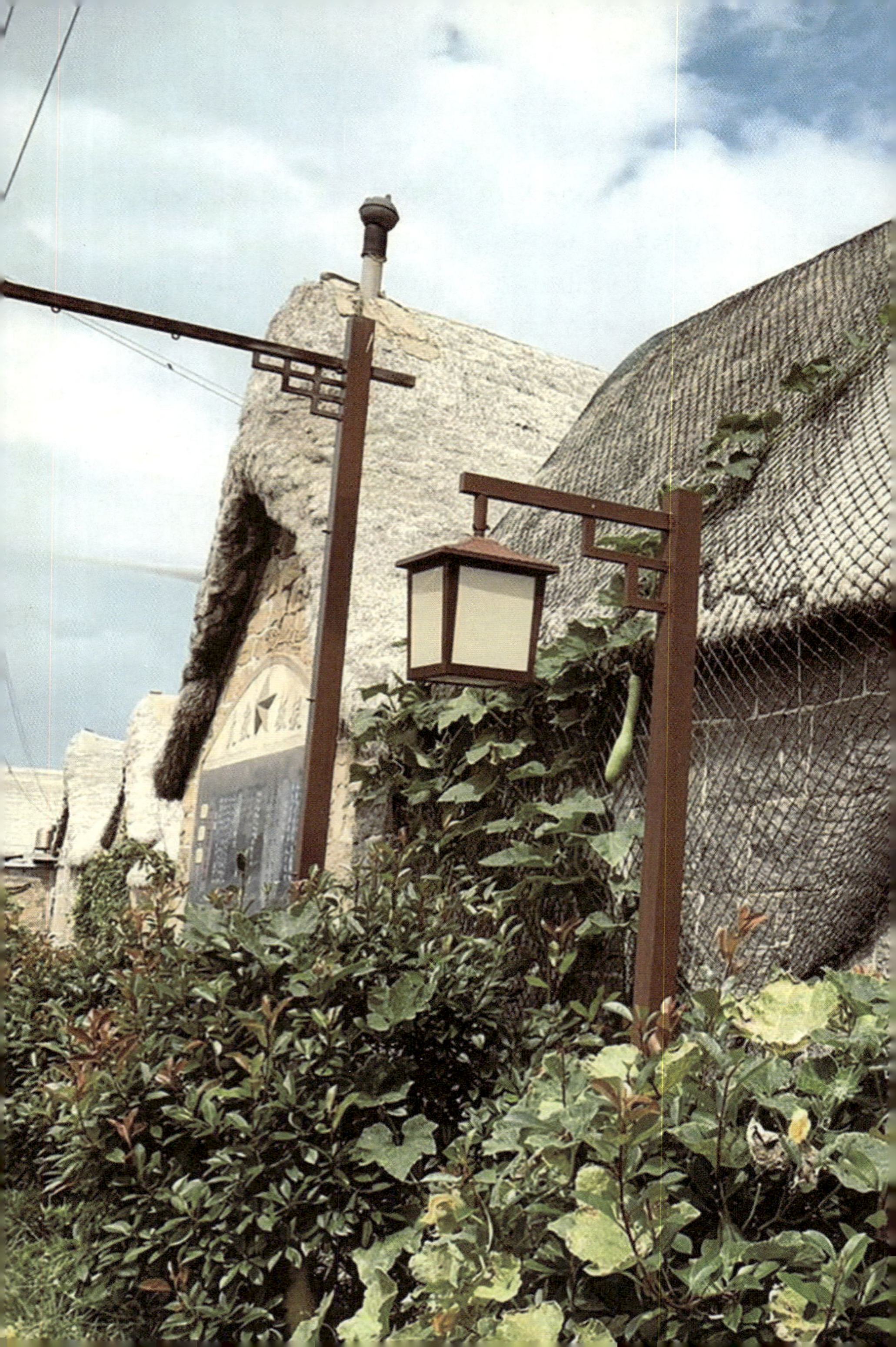

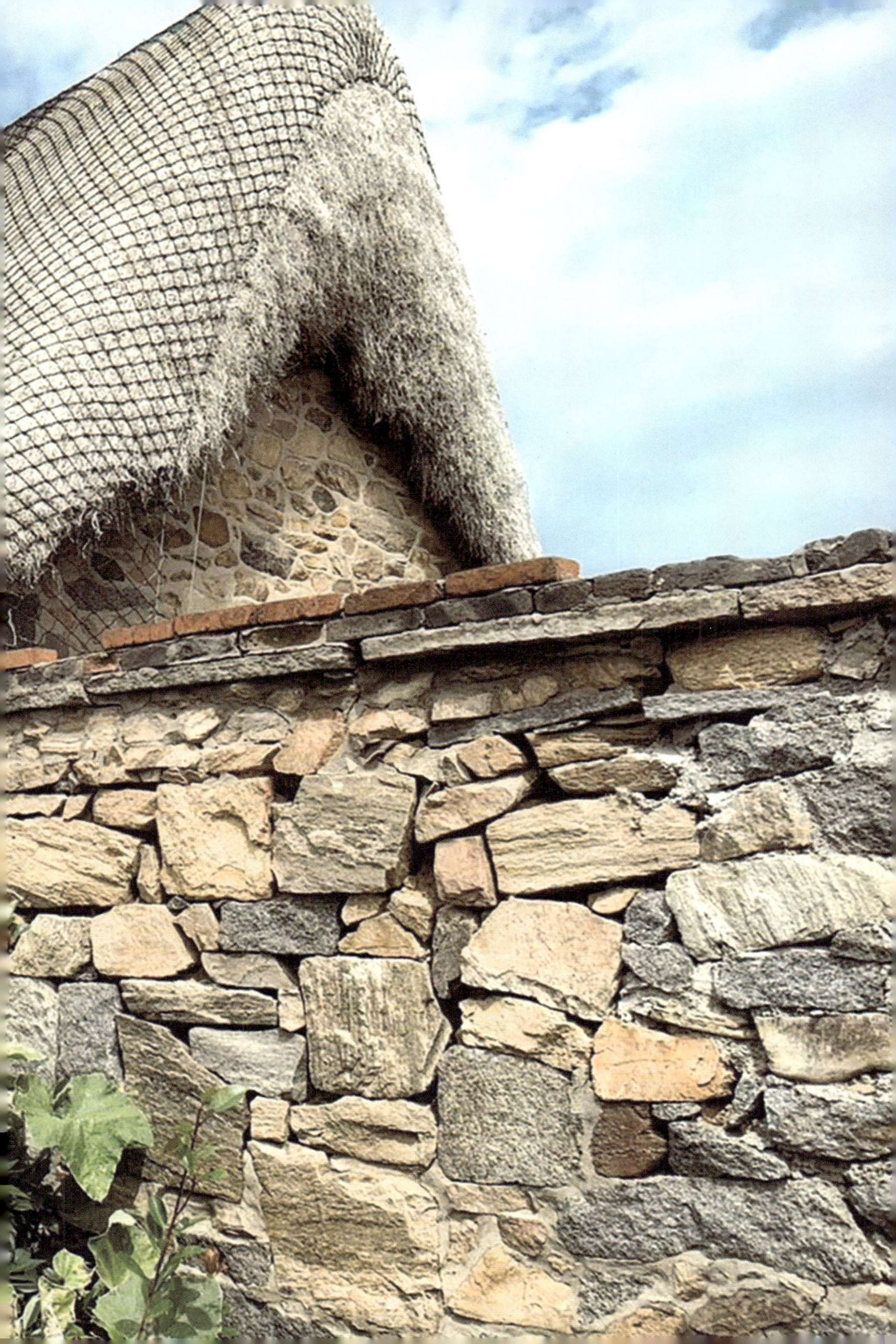

累,但他们感觉很幸福。不过,那两个天使有时也会伤心流泪。"

费德南德很热切地追问着:"他们为什么会伤心流泪呢?做天使应该很开心的,我多么渴望成为天使啊!你给我讲讲那个男孩儿和他的天使们的故事好吗?"

"因为他们很爱自己守护的孩子,然而天使们和孩子经常聚少离多,当他们看到自己守护的孩子在外面忍受孤独或是受委屈时,便会伤心落泪。"

一阵带着咸味的海风吹过,我和费德南德又重新躺在沙滩上,继续着天使的故事。

"那个男孩儿为了能够接受更好的教育,在跟你一样大的时候就离开了守护他的天使们,去了很远地方上学。"

"有天使守护着多好啊!干吗非要去那么远的地方?"他不解地问。

"一直躲在天使们的翅膀下的孩子是长不出翅膀的。总有一天,天使们会渐渐老去,这个男孩儿会渐渐长大,也会变成天使,守护自己的老天使和自己的孩子,所以,他要离开家使自己努力长出翅膀来。"

"那后来呢?"他追问。

"那个时候交通不发达,那个9岁的男孩儿很久才能回家一次。每当刮风下雨的时候,他就会很想念天使们那温暖的翅膀,常常一个人默默地流泪。"

"那天使们也肯定想念他们的孩子,他们为什么不飞去继续守护自己的孩子呢?"

"对,他们很想念自己的孩子,但为了使自己的孩子将来能长出有力的翅膀,他们只能忍受离别之苦,为了孩子,他们宁愿牺牲自己的一切。他们偶尔也会飞去暂时守护一下远方的孩子,但他们还有很多重要的事情要做,不得不回到原来的地方,只能心里默默地牵挂着自己的孩子。他们想自己的孩子想得掉眼泪,他们的心跟远方的孩子是在一起的。"

"他们怎么不打电话啊?"费德南德一脸迷惑不解。

"那个时候没有电话！"

我接着说，"终于有一天，那个男孩儿的翅膀长了出来，可以飞行了，守护他的天使们也变老了。他告诉他们，他要出去走走，见识一下外面的世界。虽然老天使们忍受了多年的思念之苦，多么希望自己的孩子能够永远留在自己身边，但他们还是希望自己守护的孩子能够飞得远一点，去实现自己的梦想。他们觉得自己的孩子出去一段时间后就会重新回到他们身边。但那男孩儿说，外面的世界很精彩，不知何年何月才会重返故里，也许是自己老去的那一天。老天使们心里不免十分惆怅，但他们知道，他们守护的孩子想去远飞，便不去阻拦。为了孩子，他们宁愿辛苦自己，把悲伤留给自己。他们默默地看着自己的孩子背上行囊，渐渐远去。"

费德南德插话道："那老天使们是不是哭了？"

"他们来不及哭，他们赶快飞得高一点儿，希望能够多看孩子一眼，那男孩儿越走越远，渐渐地变成一个小黑点儿。那两位守护了大半生已经疲惫不堪的老天使还是拼命地往高处飞，希望能够再看孩子一眼，他们是多么不舍啊！渐渐地，远方只剩下天际线，但两位心碎的老天使还是不愿离去，静静地待在空中直到天黑，他们才慢慢飞回家，关上门，不愿开灯，静静地淌眼泪。此时，他们心里空荡荡的，他们那颗守护的心也跟着那个男孩儿飞走了。"

"我要是那个男孩儿，宁愿一辈子待在天使们的翅膀下，这种伤心掉眼泪的事情还是不要的好。"费德南德斩钉截铁地说。

"天使们翅膀下面守护的孩子们为了自己的梦想迟早是要离开的，而一直躲藏在天使们的翅膀下的孩子是懦弱的。你为什么这么小就离开努卡而去了基布多？"

"我爸爸天天去海里捕鱼，妈妈总说很危险，但妈妈又说如果不去捕鱼的话我们就没有任何收入了，我也上不成学了。爸爸妈妈说我们这里很贫穷，没有学校，不上学的话，长大了就只能做渔夫，所以我要去基布多上学，然后去

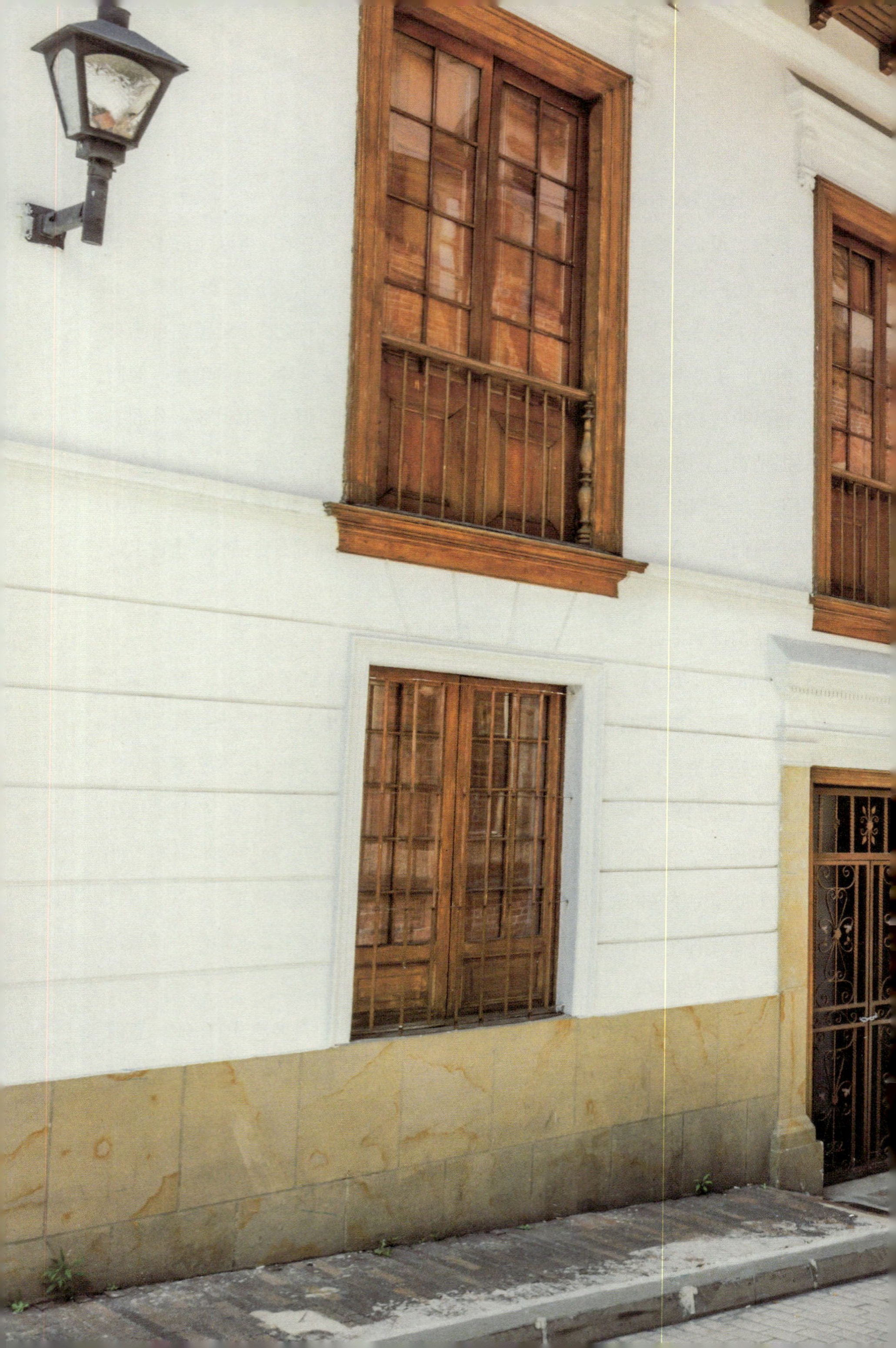

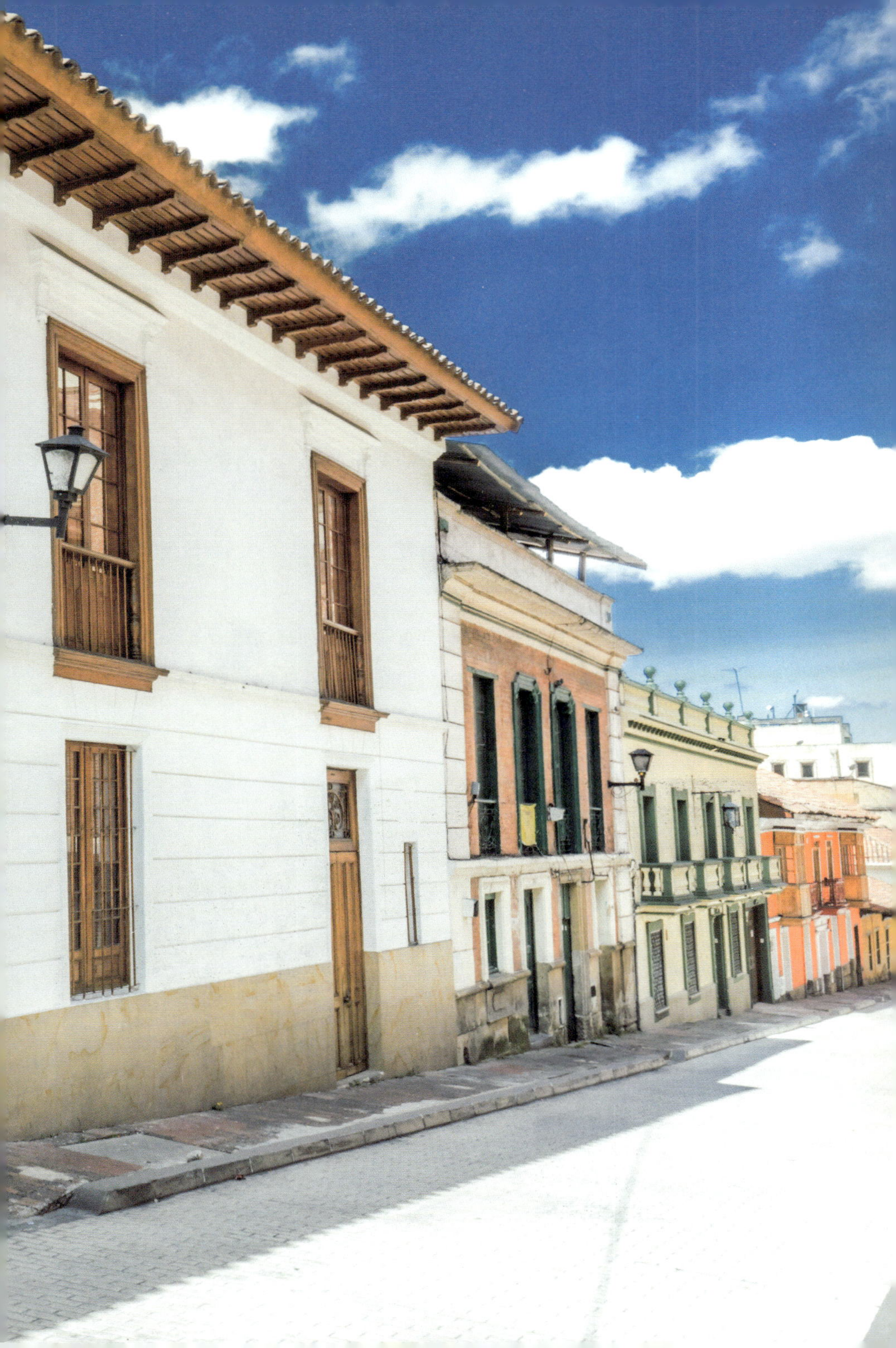

波哥大上大学,过上好日子。"

"对啊,虽然天使的翅膀能够为我们挡风遮雨,但大家还是要离开的,让自己也长出翅膀来。"我说。

"你的父母就是守护你的天使。"一直沉默的何塞对费德南德说道,"吴大利亚,你就别绕来绕去了,听着都着急。"

何塞更是缺乏文艺气息。

"我明白了,你说的天使就是自己的父母,原来我也有一对天使。"费德南德突然如醍醐灌顶,高兴地说道。

是的,无论我们走到哪里,身在何方,天空中总会有两颗最亮的星星,那是守望着我们的天使。

多年后,我在北京遇到我的妻子塞布瑞娜,我们结婚生子,突然有一天我和塞布瑞娜醒来时,发现我们也长出了翅膀,呵护着我们的两个孩子……

▼ 诗情画意的民居

可爱的基布多人

来哥伦比亚做志愿者前，听一位走访过所有拉丁美洲国家的朋友说，哥伦比亚人对待外国人尤其是中国人的友好态度是世界第一等的，最起码在拉丁美洲排名榜首，他们见到中国人都会停下手中的活儿而热情地上来跟你问好。

到了基布多后我才发现，当地人有向任何人打招呼的习俗，不管是熟人还是陌生人，而并不因为你是东方人。不管怎样，他的话给了我很多力量，这也是我毫不犹豫来这里的原因。但我觉得不同地方的人们区别还是很大的，例如我所在的基布多。

刚到基布多时，我送给系主任弗兰西斯科一件印有一条银龙的黑色T恤作为礼物，买此T恤之前，我没想到他是非洲裔。当他穿上T恤时，我俩都十分尴尬地笑了，他好像没穿衣服，而那条龙就像是直接印到了他的胸膛上。基布多当地大部分居民为非洲裔，以至于后来在波哥大街头，一遇到非洲裔，我都条件反射地想上前去问他是否来自基布多。

另外，我觉得此处并不是人人都像我的朋友说的那么好，我在此地有过几次不愉快的经历，虽然我这人心细如发，一贯小心翼翼，但仍旧无济于事。大部分人是非常善良、友好的。下面给大家列举一些发生在我身上的令人沮丧的事情，同时，这些事情也给我平凡的生活增添了不少色彩。

当我风尘仆仆地到达波哥大时，精彩故事便开始上演了。先是在机场用小

给生命加点料
从安第斯山脉到亚马孙森林

推车被收费2美元,后来打的被多要10美元,这在前边已叙述过。

当我到了基布多后,弗兰西斯科把我接到给我租的地方时,那个房间让我十分震惊与失望,用牢房来形容一点儿也不过分。后来一位老师悄悄告诉我,如果换成他,他也不会住的。再后来一个学生告诉我,弗兰西斯科与那个房东是亲戚,上次让那个牙买加的老师住,遭到拒绝;我是第二个,也拒绝了;第三个是非洲刚果来的自费留学生,也拒绝了。

虽然我拒绝了那个"牢房",但还是没能躲过被涮,弗兰西斯科帮我找了个酒店,说那家酒店是当地数得着的知名酒店,可拉倒吧!那分明是个类似于中国那种卖上几粒花生米、烫上二两老白干的小酒馆。后来学生们告诉我,弗兰西斯科跟店老板是朋友。

当地大部分是用石棉瓦盖的房子,砖瓦结构的房子很少。租住在破烂不堪

▼ 当地民居

的房子里心情好才怪呢！我觉得我很有必要让自己的心情好起来，于是只能租住酒店。

所谓的酒店，房间实际上只有6平方米，但房租却高达600美元每月。店老板是个长相不佳的妇女，十分糟糕，处处算计我。例如，第一个月的饮水费她就问我要20多万比索（折合人民币1000多元，沙漠里的水也没这么贵吧）。在跟她发生矛盾后，我决定重新找住处。不过酒店里有个端盘子的女孩叫丹尼斯，非常善良友好。后来我换到另外一家酒店，比原来的房间大3倍，还有个厨房，价格却比之前便宜200美元。

后来的酒店老板叫德拉乌，是个白种人，对我非常好，经常用他那漂亮的小汽车拉着我出去玩，去他的乡间庄园度周末。刚一听说乡间庄园，我脑海里立刻浮现出《飘》中的十二橡树庄园那种豪华场面来，那可是1860年的场面啊，虽然这里是基布多，但德拉乌是当地首富，他的庄园应该也不会太差。结果却令我大失所望，原来所谓的庄园不过是在荒山野岭盖了几间房子，养上几只猪啊鸭啊什么的，使人不禁想起了"采菊东篱下，悠然见南山"的田园生活。不过，那些殖民风格的房子很漂亮。他的游泳池很有意思，是在两个小山之间一个用雨水积成的小水沟，非常自然与原始。他热情地邀请我下水体验，对于德拉乌的热情我是十分感激的。我本来担心水里有蛇或其他小动物，但后来实在无法忍受当地天天40多度的高温，就算水里有水怪我也豁出去了，我怀着壮士一去不复返的豪情下了水。上岸后，一不小心，就有一种黄色的类似于中国的黄蜂一样的飞虫贪婪地叮我，它肯定觉得我白白胖胖的比较可口。我们的午饭一直到下午4点才开饭，我早已知道当地的风俗习惯，所以只要有人请客吃午饭，我都在自己家中先把午饭吃一半，然后再去做客。他们当地的烹饪水平十分有限，青菜、肉丁等所有东西扔到锅里一煮就是一锅汤，把生菜一切就完事了，味道一般，吃饭纯粹是为了维持生命，而不是享受生活。但他们非常热情,我对他们是十分感激的,每次我都诚恳地说:"这是我吃过的最有意义的一顿饭。"这句话说得恰如其分,主人听后也十分高兴。

我跟德拉乌去过他的庄园两次,之后就再也不想去了。他的庄园里有很多从附近村子里来打临时工的小孩儿,他们没上过学,竟好奇地问我中国人是不是吃老鼠等无聊问题。不过有一个小孩儿很有礼貌,我们聊了很多他的生活。我直感叹,他们还是儿童,是花朵,是哥伦比亚的未来,他们应该在学校里好好学习,他们应该天天快乐地唱着儿歌,而他们却在这里为了餐桌上的一块面包而干着与他们单薄的身体很不相配的简单的机械劳动。

一次上完课,正好跟一个女孩同路,她直截了当地问我:"你能否替我付车费?因为我没有钱了。"令我十分震惊的是,她用的词是"Puedes"而不是委婉词"Podría",好像我替她付钱是天经地义的事。她还进一步向我解释,按照当地的习俗,一个人没钱时,跟他一起的另外一个人就要付钱。我愤愤地想,那好吧,等我将来回中国时,我就告诉你们校长,我没钱了,你们学校给我买机票吧。最后,我还是替她付了车费,也许当地的风俗习惯的确如此。后来,她第二次让我替她付车费时,我拒绝了,如果我答应她第二次,肯定还有第三次。还有个别学生向我借钱,借过之后再也没还我,我就当做慈善了。

有时候想想基布多的艰苦生活真令我十分沮丧,这里的物价高得惊人,原因很简单,此地东、南、北三面有游击队,西面是太平洋,交通被切断,一切物资全靠飞机,物价自然高。例如,我给国内的赵阿姨寄一封平信,居然要1.5万比索,比从国内寄信到这里贵6倍。我用4页薄薄的纸写的信,但还是超重了,我只得重新改用两张纸,在背面也密密麻麻写满了字。写信时,我是轻轻地写的,担心一旦用力,墨水太多又会超重,除此之外我还换了个小信封,但结果还是超重了一点点。我跟邮递员说:"之所以超重了一点点,是因为你刚贴了一张邮票,而且上面的胶水还没有干呢。"邮递员当然不会听我的解释了,坚持让我把邮费加到3万比索。因为当地炎热潮湿,我的信很明显有点湿湿的,我在火上烤了烤,谢天谢地,正好一点也不超重了。一个月后,赵阿姨告诉我收到信了——多么漫长啊。大家一定会嘲笑我,都什么年代了还写信?因为这里的网络非常慢,在此地上网简直就是自己折磨自己。

由于学校从来没跟我提起过要到警察局注册的事,所以我也没操心。直到突然有一天,警察找上门来。此城非常小,几乎所有人都知道我住在哪里。每天上完课回住处,在学校门口我根本不用操心坐哪辆公交车,因为司机会跑到我跟前很热情地告诉我他的车经过我住的酒店,直接上车吧!所以那些警察很容易就找到我了。他们先让我填一份表格,上面的问题是用英语问的,里面有很多语法错误。我这人很热心,忙着给他们修改错误,他们通知我第二天去他们的办公室。第二天我找了弗兰西斯科跟我一同前去。

那个警察问我:"你为什么不来注册呢?"

"没有人告诉我,我不知道。"我说。

然后他跟我说了一大堆东西,并说要罚款50万比索。

"你信仰什么宗教?"警察问。

"我不信仰宗教。"我说。

话音刚落,那个警察和弗兰西斯科十分惊讶地看着我,他们的眼睛瞪得跟猫眼一样圆,在他们看来没有宗教信仰是很不可思议的。

那个警察把我的眼睛特征、耳朵特征全部记录备案。折腾了大概一个小时,最后问我还有什么要说的。我脱口而出:"最好不要罚款。"最后,那个警察拉着我去按手印。按手印时,我突然想起了杨白劳的故事。足足有20多页的材料,我不知该按在哪里,每按一下我都得问他一次,最后那个强壮无比的警察用他那有力的大手捏着我的手按手印,我分明听到我的手骨头咔咔作响。有些材料上需要按大拇指印,有些材料上需要按小拇指印,有些材料上需要同

给生命加点料

从安第斯山脉到亚马孙森林

▲ 晨曦

▼ 彩色基布多

▲ 美丽一角

时按10个手指头印，十分有意思。忙活了半天，我想应该可以领到身份证件了吧，谁知他告诉我，需要等6个月，可6个月后我该回国了，再要身份证件没有任何意义了。后来一直到我离开基布多都没收到那个身份证件。

　　从警察局出来，我和弗兰西斯科站在树荫下，商量着注册费和罚款的问题，弗兰西斯科坚持让我来付费。我说："我来你们学校是做志愿者的，你们学校支付给我的生活费仅仅够我勉强度日，我哪里有多余的钱支付罚款啊？所以这个罚款应该由你们学校出。我们中国把一毛不拔的人叫作'铁公鸡'，我可是钢公鸡，铁公鸡还会生锈呢，我这钢公鸡可连锈都不会生，我是不会出这个钱的。"当时我脸上扣着大墨镜，弗兰西斯科看不到我的表情，所以我说完这话时故意"哼"了一声来表达我的"愤怒"。然后我们不欢而散，各回

给生命加点料
从安第斯山脉到亚马孙森林

▲ 水上彩色民居

各家!

  我可不是什么省油的灯……

  第二天,我就罢工了,罢工的同时还得有所行动。我给大使馆打了电话,把最近发生的糟心事儿详细汇报了一下。大使馆十分给力,下午就把传真发到了校长的办公室。大意是志愿者放弃国内舒适的工作生活环境,翻山越岭来到这里,为两国的文化交流做贡献,志愿者工作实属不易,学校应该尽可能地为志愿者排忧解难……

  下午,我待在酒店不去上课,等着学校的电话。过了上课的时间,电话响起,来电显示是弗兰西斯科,我立刻料到问题应该被解决了。他说觉得我说的很有道理,学校同意支付这个罚款。于是我又欢天喜地去上课了,待在酒店里哪有课堂上那么多的欢乐啊！

后来，学校找了一个律师跟警察局打官司，警察局表示为了促进中国与哥伦比亚之间的文化交流，就不罚款了。

大家是否听说过在银行工作的职员居然不认识美元？我在基布多就遇上了一个，刚开始，她也不知道他们银行是否可以把美元兑换成比索，等她确定他们银行的确可以兑换后，新的问题又出现了，她不认识美元，只好请她的同事来帮忙，最后我被告知汇率为1美元＝2165比索，但当天首都波哥大的汇率比这儿高很多，而且他们也明确告诉我波哥大的汇率的确比这边高得多。没办法，我总不能坐飞机去首都换吧。最后他们让我按手印并拍了照，好像我按这个汇率换钱是心甘情愿的。

在来基布多之前，我已经预料到当地环境可能会十分恶劣，所以就带了一张汇票和300美元，结果当地的银行系统落后得令人难以置信，居然无法兑付汇票，导致我不得不挥泪短暂地告别小资生活，硬是靠着300美元度过了7个月的原始生活，这简直就是个奇迹！这期间我不得不把我的抠门劲儿发挥得淋漓尽致，简直都能写本书了，就叫《抠门儿生活指南》吧。不过在地狱般的环境中让自己的意志得到极大磨炼还是挺不错的！

基布多的乞丐特别多，有专业乞丐，也有临时乞丐。由于我住在当地"最好"的酒店里，人们都误认为我是款哥，所以他们很乐意向我讨钱。每次我从超市出来，就会有很多小孩儿早早地等在那里问我要钱。刚开始时，我都会给的，但我发现这种方式是对他们再次问我要钱的一种很好的鼓励，以致每次我出现在大街上，他们都会坚持不懈地跟着我要钱。他们在我刚出超市就指着我的袋子让我给他们东西，我就在想，如果我逛完超市就把东西给你们，那我逛超市还有何意义？

有一次，我在超市里遇到一个临时乞丐，他应该正在读大学，穿得并不像其他人那样脏兮兮的，衣服也没有破损。他好像正在超市里发着宣传材料，当他看到我时，便上来乞讨："你能否给我3000比索？"我心想，3000比索也太多了，我不想给他钱，就假装听不懂，谁知他坚持不懈地跟着我，一遍一遍地重复着，他的这种执着让我十分同情他，但我还是不能给，一给就会有麻烦。我直接告诉他我听不懂他在说什么，谁知他把声音提高了很多，我告诉他我听不懂并不代表我是聋子。

"我为什么要给你钱？"我问他。

"因为我需要钱。"

"我现在没有钱，而且我也需要钱。"

他居然十分猖狂地指了指我手里的钱。我告诉他我要用这些钱买我篮子里的东西。当我到前台付款时，他居然跟着我看我是否把钱用光了。还有一次，一个男孩直接跑到我住的地方问我要钱，听学生们说他吸毒，所以我提高了警惕，他说他需要钱买面包，我没有给他现金，直接给了他两个面包。

我经常在基布多那家唯一的袖珍型超市买香蕉和从来都不会新鲜的蔬菜，说起来跟他们也算老朋友了。但有一次，我就买了两根香蕉，一共300比索，那个店员居然写成了3000比索。以前我从不看价钱的，自此以后，我提高警惕。没过几天此种事件再次发生，我问他："你是不是想敲诈我啊？"他十分尴尬，也许他本意并不想那么做，只是不小心写错了价钱而已。昨天刚买的白菜还是1000比索1斤，今天就暴涨到2000比索，我问他是不是又想敲诈我。等我再去买东西时，他再也不敢随便报价了，而是怯生生地问我："你昨天买时多少钱1斤？""1000比索。""那今天就还1000比索1斤。"自此以后，那些蔬菜就成了我自己定价了。实际上能吃的蔬菜也就只有土豆和洋葱，运气好的话，偶尔能碰上白菜，但都十分袖珍，而且都已被虫子重重地吻过。在国内时我不屑一顾的白菜，在这里却让我朝思暮想。后来回到国内，小区超市正在卖白菜，看着又大、又漂亮、又富态、又便宜的白菜，我冲上去就买了两颗，放在家里舍不得吃。此时的白菜，在我眼里是有生命的，这是一种不可名状的情结。

一次去机场接一位中国老师，从我的住处到机场打车是1.5万比索。我一上车司机便跟我聊上了，基布多的经历已使我对任何人都会心存戒备。他问我是否会给那些给我提供过服务的人小费，我知道他是在提醒我付给他小费，便直接告诉他："一般情况下我是会给的，例如我乘坐出租车时，如果司机帮我提行李了，我就会给。"我的言外之意就是今天我没有行李，你也没帮我提行李，我自然不会付给你小费。到了机场，他居然连计价器也没看就问我要2万比索，我坚持说1.5万比索，但我实在没零钱，只好给了他2万比索。他不把5000比索找给我，还问我要小费，我把拳头在他面前晃了晃，他再也不敢说什么了。

当然了，这个世界上，无论哪个国家、哪个地区都有友善之人和邪恶之人，我这人是乐观主义者，还是觉得友善的人比较多。比如，在基布多我的学生们就非常好，其中有3个老教师帮了我很多忙：理查德陪着我练习西班牙语，弗拉米尼奥托他在美国的女儿给我买西班牙语的书，何塞经常陪我买这买那，经常带我出去玩。另外，我的学生们在得知校方只付给我一丁点工资并且没有给我上医保，无法报销医药费时，纷纷以拒付学费作为抗议。最后，弗兰西斯科非常生气，给他们每人写了一封义愤填膺的长信，骂他们是强盗，上课不付钱。

感谢基布多可爱的人们，给我寂寞的生活增添了很多乐趣。

当初在基布多工作时，我天天盼着离开那里，时隔多年，当我回忆起这段生活经历时，却十分想念我的学生和朋友们，想念当年发生的每件趣事。

战火中重生

在基布多工作的7个月简直如同7年,我天天在倒计时,终于可以离开这里了。

那一天是12月17日。我激动万分,我的心儿在歌唱,然而在跟学生们和酒店的朋友们告别时我却有点恋恋不舍。酒店里那个11岁的小男孩儿,一下子把我那36千克重的大行李扛在肩上从楼上一直扛到车上,我赶紧给他5000比索作小费。令我惊讶的是他才11岁,而且身体看起来十分单薄,居然有如此大的力气。由于当地暴力事件频发,我脑子中突然跳出一个奇怪的想法,如果他将来长大成人后找不到工作而去抢劫的话,会给社会造成多大的危害啊!

何塞开车把我送到机场。临近机场时,我看到到处都是持枪的军人和警察。原来军警和游击队正在基布多北边的一个小镇打仗,形势十分危急,但之前我对此一无所知。现在我突然想起很多次晚上都能听到枪响,但学生们骗我说那是在放烟火,我居然信以为真。现在想想很可笑,当地哪有什么烟火啊,所谓的烟火,他们只是在课堂上听我介绍过,仅在我播放的视频里看过,居然生搬硬套到此处。之前总有一架绿色的直升机从我窗外的天空飞过,我还以为它是去播种、视察农作物或者原始森林什么的,现在何塞告诉我那是前去跟游击队作战的军警的飞机,而且我们所在的乔科省是游击队活动最为猖獗的省份,以前怕我惊慌所以就没告诉我实话。

托运行李时，不知是由于战火而使机场工作人员心不在焉，还是我的运气真的很好，按规定只允许托运15千克行李，但我的行李重达36千克，他们也没有提出罚款。等我们进了那个用石棉瓦搭建的候机厅时，我一点也不觉得凉快，反而热得心里发慌，旁边就是持枪的军警，这种场面我只在电影里见过，真没想到现在就活生生地发生在我身边，我反而一点也不紧张了。这绝对是一生中难以遇到的特殊经历。

急于离开基布多的当地人、外乡人或是外国人都望眼欲穿地看着机场的跑道。很遗憾，除了去作战的战斗机和直升机外，根本没有民航客机，广播里广播着是否还有客机的通知。我给准备在波哥大接我的一个朋友打电话说，我不敢确定今天是否能走成，让她等我的电话。突然，一个军人的冲锋枪走火了，打在邻座的桌子上，给本来就很紧张的气氛火上加油，女人们都尖叫着。

我举起相机拍下一些照片，身边的一个军人上前来阻止，说军事行动是不能拍照的，让我把刚才拍的照片删掉，我便使用糖衣炮弹对付他，对他乱拍了一阵子马屁，说他身着军装是如何威武，最后还是无济于事，只得很不情愿地删掉照片。

我等啊等，最后通知说今天没有客机。我沮丧万分，天天盼着离开这里，到了最后一刻还是如此不顺利。在回酒店的路上，我垂头丧气。

后来，学生苏丽和她哥哥来看我，我问他们是否为自身的处境感到害怕，他们很淡定地说，这一切很快都会过去的，明天又会风平浪静，又是一个艳阳天。

有时候我真的很佩服当地人的那种乐观精神，虽然我已经够乐观的了。在基布多，最令人称奇的是当地人面对贫穷落后、困难挫折、动荡不安、暴力及其他不幸时，总能平心静气，总能鼓盆而歌，总能以乐观的态度面对眼前的一切，从容地尽其性命之理。也许他们已经麻木了，也许他们天生就是乐天派，

◀ 基布多街头乐队

◀ 载歌载舞欢快的人们

但不管怎样，基布多人是快乐的，波哥大人是快乐的，哥伦比亚人是快乐的，南美人是快乐的。后来游历完拉丁美洲的大部分国家后我发现，拉美人都是快乐的。根据盖洛普发布的《全球情绪报告分析》来看，世界上最快乐的国家大都在拉丁美洲。

晚上，我躺在床上，听着窗外零星的枪声，顿时感到人的生命是如此宝贵。人生难测，我们应该珍惜每一天。

18号，我们重复着17号的经历。得知在昨天的战斗中军警们暂时失败了，8名警察壮烈牺牲，30多名警察被俘虏，接下来他们的命运将是极其悲惨的，我们都不愿去想象，只能在心中默默地为他们祈祷。

候机厅里乱糟糟的，到处是心急如焚的人们。我又给那个朋友打电话说，如果能走成我会再给她打电话的，她说根据可靠消息，基布多的机场已关闭，但我仍坚信今天有客机。我看到一个军人的冲锋枪正对着我们面前的桌子，便提醒他能否把枪对着另外一个方向，他笑了笑并移开了他的枪。

广播里传来了好消息，今天有客机，人群开始欢呼，学生们赶快帮我提上行李往里冲，我还在惦记着我的托运行李，我对机场工作人员的办事态度十分怀疑。学生们说放心吧，他们会帮我盯着的。刚才进入机场大厅时，已经安检过一次了，临上飞机前还要进行一次手工安检，那个工作人员慢腾腾的，一会儿把我的充电器摸了出来，一会儿又把我的剃须刀摸了出来，并问了我一句话，我当时心不在焉，没有听懂他的话，只是猜测了一下意思，便随口答道："用来刮胡子的机器。"

"是荷兰造的？"

"是荷兰牌子，中国造的。"说完，我一把抓起我的手提行李，匆匆地说了声"谢谢"便往飞机上冲。我边走边使劲向学生们挥手，我的眼睛开始湿润了。

如果是拍电影的话，此时的背景音乐应该是"长亭外，古道边，芳草碧连天……"

飞机仍旧是个小麻雀，但比上次的那架好多了，最起码所有座位都还健在，没有下岗和退休的。我前面的那位女士非把自己的座位空出来，坐到别人的座位上，虽然没有登机牌，但座位号都打在机票上了，那位先生只好请她起来。飞机正在滑行准备起飞，我后边的那位女士却在疯狂地打手机，我狠狠地瞪了她一眼，好在她知道错了，挂断了电话。

坐在座位上，我似乎感到什么东西落下了，也许是要离开时的那种恋恋不舍的感觉吧。突然，我想到我一共带了3个手提袋，而现在只有两个，分明记得刚才学生们都帮我拿上了，会不会在第二次安检时落在了那里？我的相机，还有学生们送我的礼物都在里面，我顿时感到沮丧万分。后来给何塞发信提起我的那些珍贵照片，何塞安慰我说帮我再重拍一些发过来。

透过窗户，我看了基布多最后一眼，一排排灰暗的石棉瓦棚，这就是我工作生活了7个月的地方。我默默地说，再见了，基布多，不带走你一片云彩；再见了，石棉瓦棚；再见了，酷暑；再见了何塞、理查德、弗拉米尼奥，还有我的学生们，我会想你们的。

飞机终于安全地降落在波哥大机场。取行李时，我不愿看到的事情还是发生了：我的行李没有上飞机。我已经麻木，已经想得很开了，人安全到达就行，行李要不要已无所谓了。我早就料到他们肯定会把我的行李遗忘掉的，对此我丝毫不怀疑。然后我就去找航空公司，又在机场等了3个小时，他们终于把我的行李弄了回来。

我三番五次地问自己，我是不是真的到了波哥大？没错，是真的。波哥大多么发达啊，人们都长得很帅很漂亮，超市里的蔬菜水果又多又新鲜。记得我5月份刚从北京抵达波哥大时觉得波哥大破烂不堪，但现在跟基布多相比波哥大就是天堂了。基布多的生活使我明白了一点，要学会比较，幸福都是比较出来的！

后来，听说游击队总喜欢击落民航飞机，故意给社会造成动荡不安之感，以达到给政府施加压力的目的。现在想起这段危险的经历还心有余悸。不过基布多的生活已把我锤炼成无所畏惧的勇士了。

我到波哥大的第二天，就从网上看到一个消息：哥伦比亚最大的反政府武装"哥伦比亚革命武装力量"日前在偏远丛林地区打死8名警察，并且抓走了至少30名警察扣为人质。这是近年来哥伦比亚安全部队遭遇的重创之一。

袭击事件发生在哥伦比亚乔科省的圣马力诺镇。17日拂晓，数百名"哥伦比亚革命武装"人员参加了对圣马力诺镇的袭击行动。他们首先使用自制榴弹炮进行轰炸，然后和警察展开枪战，8名警察在交火中丧生，另有9名警察和4名平民受伤。尽管哥伦比亚当局在公开场合声称30名警察在冲突中"失踪"，但是他们在私下场合承认"失踪"的警察已经被"革命武装"俘虏。

一位名叫埃迪·帕拉的伤兵在回到基布多后向电视台记者描述了当时的激战场景："他们（革命武装人员）像蚂蚁一样从山上冲下来。"袭击事件发生

▲ 我与波哥大街头军人的合影

后,时任哥伦比亚总统乌里韦下令军方紧急增援,目前"革命武装"人员已经全部撤离圣马力诺镇。

我感叹道,被俘虏的警察也许凶多吉少……

为期7个月的乔科科技大学的汉语教师志愿者工作顺利圆满地结束了,我在波哥大开始了新的生活……

特别感谢在基布多这几个月的特殊经历。经历过战乱和生死之后,人生中还有什么困难挫折不能克服呢?拥有这样的心态,以后在人生道路上,无论遇到任何风雨,我都会觉得那不是事儿!

在罗萨里奥大学教汉语

到了波哥大后我开始了新的工作生活。

波哥大四季如春的气候让我心情大好，心情好就更有动力教授汉语传播中国文化。每次去学校，我特别喜欢身着汉服等民族服装招摇过市，穿梭于校园的各个角落，全然不顾别人的眼光和回头率，就当这个世界只有我一人存在……

另外一所大学的中文老师林太太也是每次身着旗袍上课……

罗萨里奥大学创建于1772年，是私立大学，学费比较昂贵，学生们的家庭背景都挺不错。

上课前我去看了下教室，在十分繁华的市中心的商业大街旁有一幢古典建筑，这居然就是我们的教学楼。教学楼门口有两个持冲锋枪的卫兵，好像教学楼里随时会发生枪战一样，这让我想起了基布多。教学楼整体看上去古典优雅，鸽子在走廊里悠闲地飞着，教室里铺着地毯，跟我上次做志愿者的地方是如此的不同。教学楼的右半部分居然是哥伦比亚有名的旅游景点——圣弗朗西斯科大教堂，它已有300多年的历史了，古典庄重。

这边的学生很有礼貌，且都是俊男靓女，因此我那极度近视的眼睛似乎一下子恢复了许多。这些学生的家庭条件都还不错，他们的父母不是外交官就是法官、律师，或者是商人、金融人士，所以他们都能接受良好教育。那个经常

▲ 罗萨里奥大学校园

陪我玩儿的学生叫安德莱斯，学的是国际关系专业，会讲5种语言。

学校每年都会组织学生们去中国或其他国家的大学做交流，这使学生们眼界大开。

一般情况下，家庭才是孩子的起跑线，家长的经济实力和眼界直接影响到自己的孩子能否接受良好教育，以及孩子能够飞多远多高，世界上大多数国家和地区都是一样的。

南美距离中国遥远，南美人普遍对中国了解得不够全面，再加上受一些别有用心的西方媒体及好莱坞电影的误导，关于中国，他们所听到的被歪曲的东西远远多于真实的东西。他们一直对中国存在着一种模式化的误解，缺乏正确、客观的了解。我们这些汉语教师志愿者，不仅要教好汉语，还要把中国最阳光、最灿烂的一面展现给他们。

第二次上课，我把江苏省华西村的纪录片放给他们看，华西村被称为"中国第一村"，村民家家有小汽车，存款很多，家家有别墅，通过华西村让学生们感受一下中国的经济发展水平。华西村的带头致富人叫吴仁宝，跟我同姓，这使他们觉得取中文名字选择姓"吴"很好。

每个周五我的中国文化课都会准时开课，我采用演讲和播放纪录片的方式上课，主要面向全校师生和社会上对中国文化感兴趣的人士。这个中国文化课相当受欢迎，每次我们都在学校最大的报告厅上课。纪录片我播放过《威海欢迎你》《相聚在北京》《感受香港》《今日上海》《中国第一村》《今日长江

▼ 我的办公室在四层

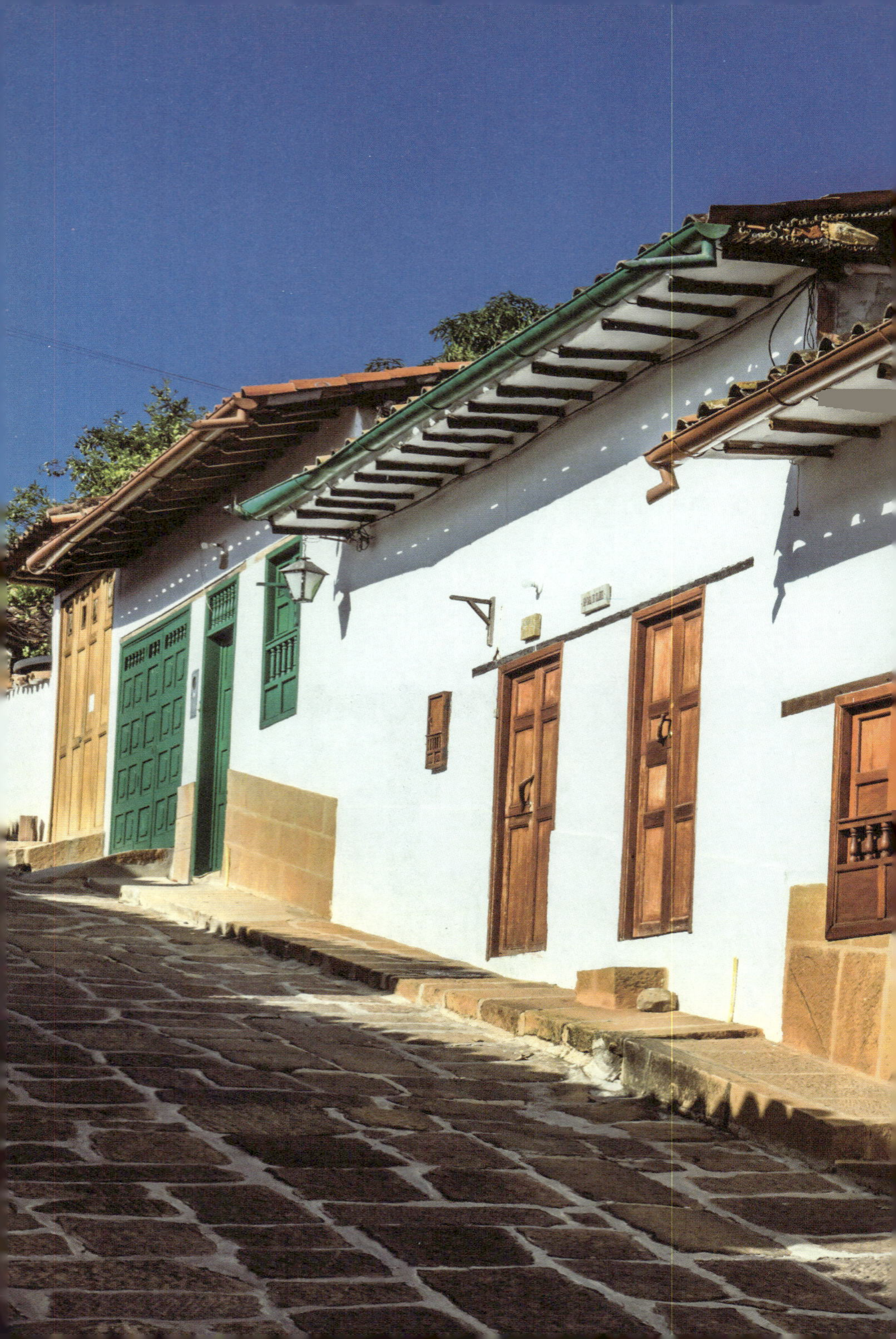

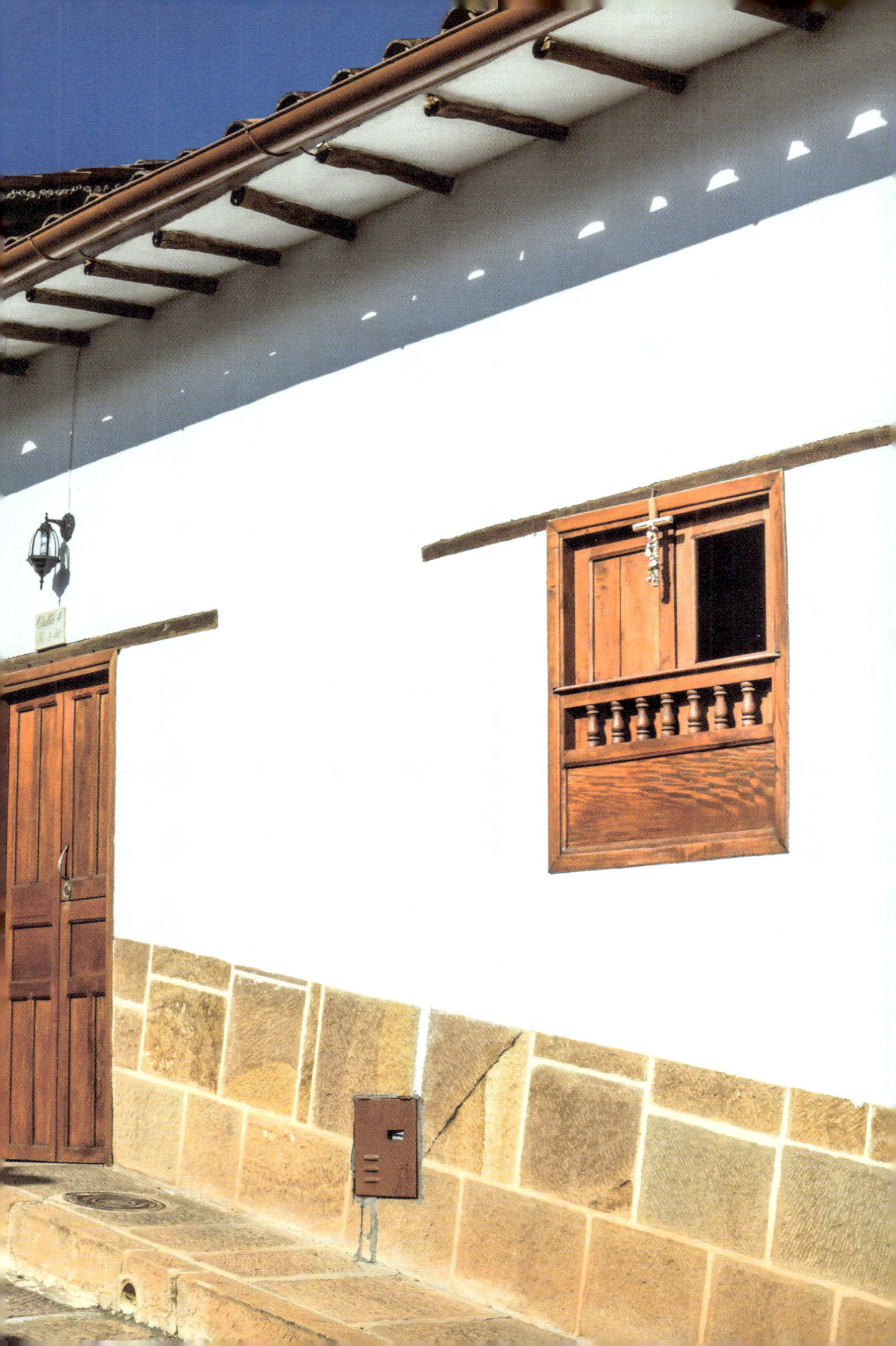

三角洲》《江南好》《现代中国》《武术》《春节》等一系列反映中国新面貌和传统文化的片子。

感谢国家汉办（孔子学院总部）的郭骄阳、郭嘉两位老师，感谢中国驻哥伦比亚大使馆的沈利锁先生，他们提供了大量宣传中国文化的视频资料，同时他们给志愿者的工作和生活也提供了很多支持。

我的讲课风格幽默生动，得到学生们的一致认可，他们对我的评价是，听我的课就是一种享受。人生最大的快乐就是自己的价值得到认可。

一天上午我正在办公室备课，突然学校的一个工作人员跑来告诉我电视台要录制我现场讲课的情景，给我一个大特写。我跟他商量，我下午有课，是否可以下午录？他说电视台的车已经在楼下了。我匆匆准备了一下，由于一时不可能把学生们凑齐，校方找了30多个学生作为"临时演员"。当镜头要对准学生们给他们特写时，他们都赶快照照镜子，捋捋头发，整整衣领什么的，很是认真，而我什么也没整理，就这样"蓬头垢面"地让人家录了，太没有上电视的经验了。

第二次采访，他们给我录制了30分钟的教学节目。遗憾的是，节目在电视台播放时，我都在上课而没法观看。

汉语在哥伦比亚越来越火了……

学期末学生们给各位老师打分，3个班的学生，分别给我打了4.9分、5分、5分（满分5分）。多年后，每当提起我的这段做汉语教师志愿者的经历，我还是会无比自豪。

钻石瓜子

哥伦比亚首都波哥大的气候很不错,四季如春,但在吃的方面就差强人意了。虽说我能做一手好菜,但巧妇难为无米之炊啊。超市里有卖豆芽儿的,可质量太差。总之,来到哥伦比亚后,无论我如何使出浑身解数,如何花样翻新,也从来没有吃过一顿满意的饭菜。倒是那些常到我家里"混吃混喝"的学生们感觉很满足,每次吃完饭,还不忘把所有剩菜都卷走。他们居然能把我的

▼ 波哥大就是一个森林公园

▲ 哥伦比亚经典招牌菜：阿西亚科汤（Ajiaco）

生日记得十分清楚。还差两周才到我的生日，而他们已经开始给我设计生日该怎样过了，摩拳擦掌地准备到我家里大撮一顿。一个学生挤着眼睛十分煽情地跟我说："吴大利亚，要是你每月都过一次生日该多好啊！"我答道："要是每次我过生日，你都送我一枚哥伦比亚一级绿宝石戒指该多好啊！"

从踏上哥伦比亚国土的那天起，我就发现生活在中国天天吃着中国饭是怎样的一种奢侈和幸福。每当午夜梦回，哪怕是街头小摊儿的一碗凉皮或者几串麻辣烫都能让我思念中国饭的心澎湃激荡好长时间，虽然有人故意打趣我，说凉皮是用脚踩出来的，但这也丝毫没有减弱我对凉皮的思念。每天，散发着香味的凉皮、烧鹅、羊蝎子等各色美食总在我脑海里轮番上场，往凉皮上浇辣椒油，那味道简直好极了。每次讲到"饺子"和"北京烤鸭"这一课时，尽管上课前我刚用几张风味各异的比萨饼填饱肚子，但还是会觉得很饿。

前段时间，我们去一家中餐馆聚会，吃完饭，我和另外一位老师对那家餐馆的中国醋念念不忘。为了问店老板要上一瓶醋，我们一合计，决定再去那里吃一顿高价饭，哪怕出高价买醋也可以，只要他肯卖给我们。于是，在跟店老板聊天时，我们两人一唱一和，不停地打那瓶醋的主意。想想真可怜，我俩在国内过得都还不错，在这里却为值不了几个钱的区区一瓶醋而折腰。谁知，店老板告诉我们，醋是大使馆给的，他们请客吃饭时要用。听到这里，我们不打算开口提买

▲ 牛油果——我的最爱，哥伦比亚的牛油果又大又便宜

醋的事儿了。但在临走前，我们还是忍不住开了口，店老板很大方地送了我们一瓶醋，我们俩一人一半。回家的路上，我怀揣着半瓶醋，小心翼翼，视若珍宝。从此，我炒菜放醋，做汤放醋，凡是吃的东西全放醋，就连吃面包也放点醋，就像哥伦比亚人往面包上刷奶酪一样。不到一个星期，醋瓶就见了底。

信息交流十分重要。我从另外一位中国人那里要到了一个卖豆腐的人的电话，从此我的厨房里就开始飘起了豆腐的香味。后来，我的邻居——一个美国小伙子又送给我一包做麻婆豆腐的调料，从此麻婆豆腐也登场了。当时在移民局续签签证时，遇到一个中国男孩叫李友锋，又从他那里要到了"中国之家"的地址，听说那里有个中国店，卖的全是中国传统食品。终于，在无法忍受对中国食品的无尽思念时，我从银行里取出十几万比索，带着我的学生安德莱斯一起去狂购，

▲ 哥伦比亚货币面值非常大，每次一发工资，大家都成百万富翁了

大有把整个中国店里的所有中国食品买下的气势。

一个小时后，我们就到了"中国之家"。这是个不大的商店，卖一些方便面、龙须面等非常常见的东西。看到那一袋袋精美的龙须面、方便面（顾不上是油炸食品还是非油炸食品），我欣喜若狂，激动万分，终于可以吃上中国面条了。哥伦比亚也有面条，但他们的面条至少需要40分钟才能煮熟，吃起来跟嚼尼龙绳一般（有一次，居然煮了一个小时还没有煮好，我只得把面条全倒了）。于是，我不由分说冲上去就买了10包龙须面，1包折合人民币10元，但我仍面不改色心不跳。说实话，那种牌子的龙须面要是放在国内，我绝对不屑看上一眼，在这里实在是没有选择的余地，就连它们还有两个月就过期也不在乎。我盘算着这些足够吃上一个月了，而且最重要的是我还买到了两瓶镇江香醋，价格比在国内贵了整整10倍。

回到家中还不到下午4点，我和安德莱斯却已急不可待地支起锅来煮面条了。当时，我还把那两瓶醋好好端详了一阵子。下面条时，我几乎是一根一根地数着下的，绝对不能浪费一根。谁知，有一根不小心掉进了夹缝里，怎么也够不回来，这让我心疼了很久。

我和安德莱斯把碗里、锅里所有的面条吃得精光，连汤都没放过，还把粘在勺子上的面条渣子一一刮了下来，我从来没有如此地节约过，这是我到哥伦比亚后吃得最好的一顿饭了。我盘算着那两瓶醋应该能吃到我回国吧，谁知，才过3个星期，一瓶已经快见着底了。而且，仅一个星期，我就把龙须面全吃光了。我心里还在惦记着那个中国店里的面条，等到下个月，所有面条都要过期了，于是我又去狂购了一通。

来哥伦比亚留学的佳佳得知我买到了两包"白鸽"牌香瓜子，居然在30分钟内打车从城北赶到了市中心我的家中。佳佳真可怜，不会做饭，天天用哥伦比亚的酱油拌米饭、生萝卜来填饱肚子，每次来我家时就像一只饥饿的狼。我们一边看着哥伦比亚经典电视剧《丑女贝蒂》（被翻拍成中国版的《丑女无敌》和美国版的《丑女贝蒂》），一边喝着龙井，一边吃着久违的"白鸽"瓜子。突然，佳佳掉了一颗瓜子，不知滑到了哪里，她居然大动干戈，把整个地毯掀了起来，这架势好像挖地三尺也要找到那颗"钻石"瓜子。最后，硬是在沙发底下把那颗瓜子给找到了。

前几天给家里打电话，我妈说来了几个亲戚，我接着问那肯定做了很多好吃的。我妈怕我馋马上说道："没什么好吃的，都是些心啊、肝啊、肺啊的。"我妈知道我特别讨厌吃这些东西，所以故意这么说。后来，我给国内一个朋友打电话，当时他正在吃早餐，我马上问他："你是不是正在吃馒头？""对，还有油条、豆腐脑儿。"隔着电话，我好像都闻到了香味儿。

12月份回国休假，在国内我见到了在澳大利亚工作的好友亮亮，诉说了无尽的思念之苦后，临近中午，亮亮说："走，我请你吃本城最好的南美餐。"我差点晕倒，说："走，我请你吃本城最好的烤袋鼠肉。"这下，轮到他晕倒了。

"暴扁"假警察

我在哥伦比亚有过多次心惊肉跳但最终都化险为夷的经历，其中最为搞笑的经历莫过于遭遇两个傻瓜假警察了，在我"暴扁"他们并成功溜掉之后感觉十分有趣，但事后回想起来却心有余悸……

哥伦比亚的首都波哥大四季如春，鸟语花香，各种名胜古迹蜚声世界，现代摩天大楼与欧式古典建筑散落在城市各处，整个城市像一个大花园，被美誉为"南美的雅典"。很难想象，如此美丽动人的城市居然与暴力相关。

▼ 四季如春的波哥大

▲ 五彩缤纷的南美风格小巷

  12月25日，我无所事事地在街上溜达，虽是圣诞节，但街道十分冷清，走着走着就到了著名的玻利瓦尔广场。此时，北半球的中国北京，已经是冰天雪地的隆冬，然而临近赤道，海拔2640米的波哥大却是阳光明媚，温暖如春。玻利瓦尔广场中央耸立着民族英雄西蒙·玻利瓦尔骑着骏马的高大雕像，广场四周是古老而风格多样的建筑。广场上，大群鸽子时而低空盘旋，时而落在地面觅食；各色游客或坐在广场四周的阶梯上舒适地沐浴着阳光，或悠闲地喂着鸽子，或摆着各种姿势摄影留念；戴着黄色领巾，打扮得如同美国西部牛仔的警察骑着小马驹穿行在广场周围。到处洋溢着安静祥和的气氛。

  广场的旁边就是著名的哥伦比亚大教堂，几乎所有描写哥伦比亚的文章中都有这个教堂的照片，照片的下面常注上一句话："美丽的哥伦比亚，危险的哥伦比亚"或者"危险系数极高的波哥大"。广场的西边是拥有300多年历史的富丽堂皇的圣卡尔洛斯宫，它曾先后作为圣菲皇家图书馆和独立后的国家总统府，东边是市政厅和最高法院。20世纪80年代，哥伦比亚反政府武装"四·一九

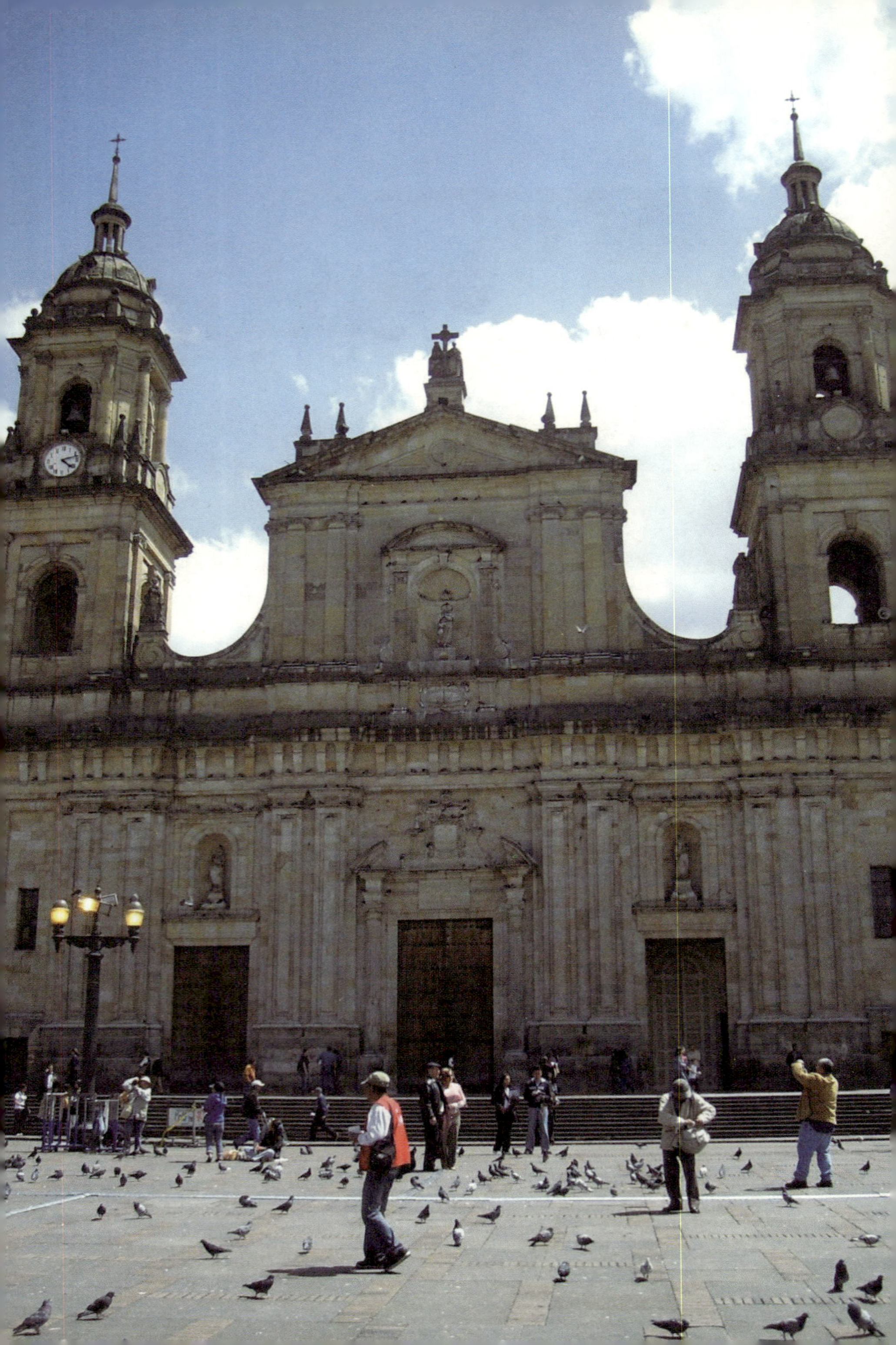

运动"的成员曾冲进波哥大，占领了最高法院，包括最高法院主席、几名政府部长和总统胞弟在内的300多名官员在枪口下沦为人质。恐怖分子残忍地杀害了最高法院主席及其他7名人质。最后，经过军人和警察的顽强反击，一场历时28小时的哥伦比亚历史上最令人震惊的恐怖事件以军警的胜利告终。此事件已过去多年，但一想到那次恶性事件就让人不寒而栗。

哥伦比亚的光荣时代已经成为历史，它不再拥有"黄金国"的美誉，不再是历史上南美洲北部地区的政治、经济和文化中心，不再是大哥伦比亚帝国的权力中心（19世纪初，拉丁美洲著名革命人士玻利瓦尔领导并创建的大哥伦比亚共和国包括委内瑞拉、哥伦比亚、厄瓜多尔、巴拿马），也不再是"美洲伊比利亚文化之都"，它成为世界上动荡不安的国家之一。毒枭和武装冲突这两个恶魔已把这个美丽动人的国家搞得千疮百孔、声名狼藉。

此时此刻，玻利瓦尔广场附近形态各异的雄伟建筑，似乎也呈现出一种悲伤的格调来。总统府门前的两个卫兵一会儿挠挠痒，一会儿拧拧鼻子，一会儿又嬉皮笑脸地聊天，一点儿也不严肃。那次恐怖事件也是人为疏忽酿成的巨大灾难。

广场上，鸽子在人们身边无忧无虑地飞着。鸽子应该是哥伦比亚感觉最安全的动物吧，它们肯定没有随时被抢的压力。

我坐在广场旁边的长凳上，一边欣赏着眼前的美景，一边想着自己的心事。说实话，哥伦比亚的确是个美女如云的地方，而且她们都十分性感，大街上世界小姐级长相的女郎一抓一大把，怪不得世界小姐大赛总有哥伦比亚女孩夺魁。

突然，一个身高1.6米左右，长得贼眉鼠眼的人出现在我面前跟我搭讪，他开口前我就猜到他不是哥伦比亚人，果然他说他是巴西人。他问我是不是某国人。我之前曾读过一篇文章，大意是在海外当地人见到亚洲面孔的东方人时总会先问是不是亚洲其他国家的人，而不会上来就问是不是中国人，如果得到否

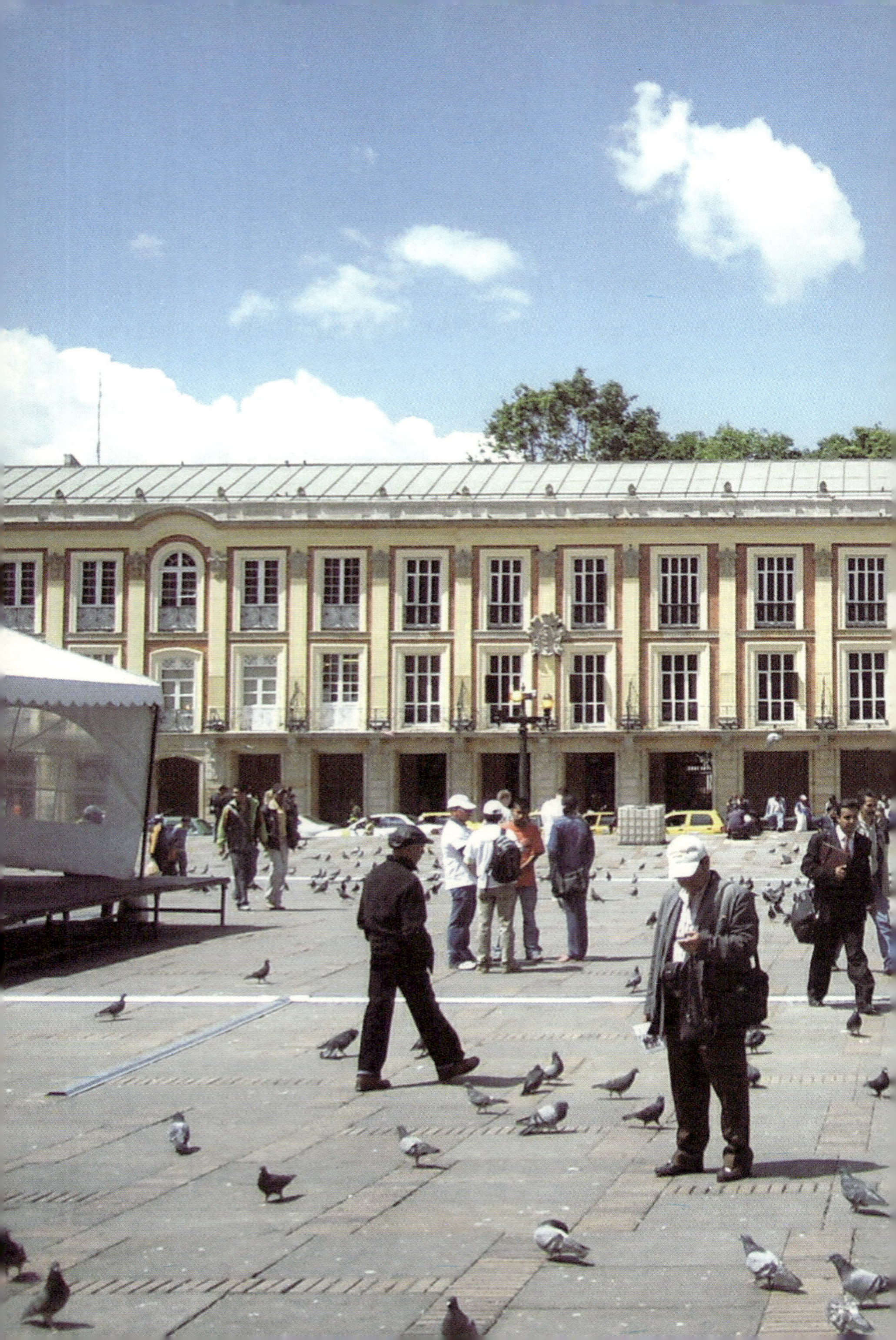

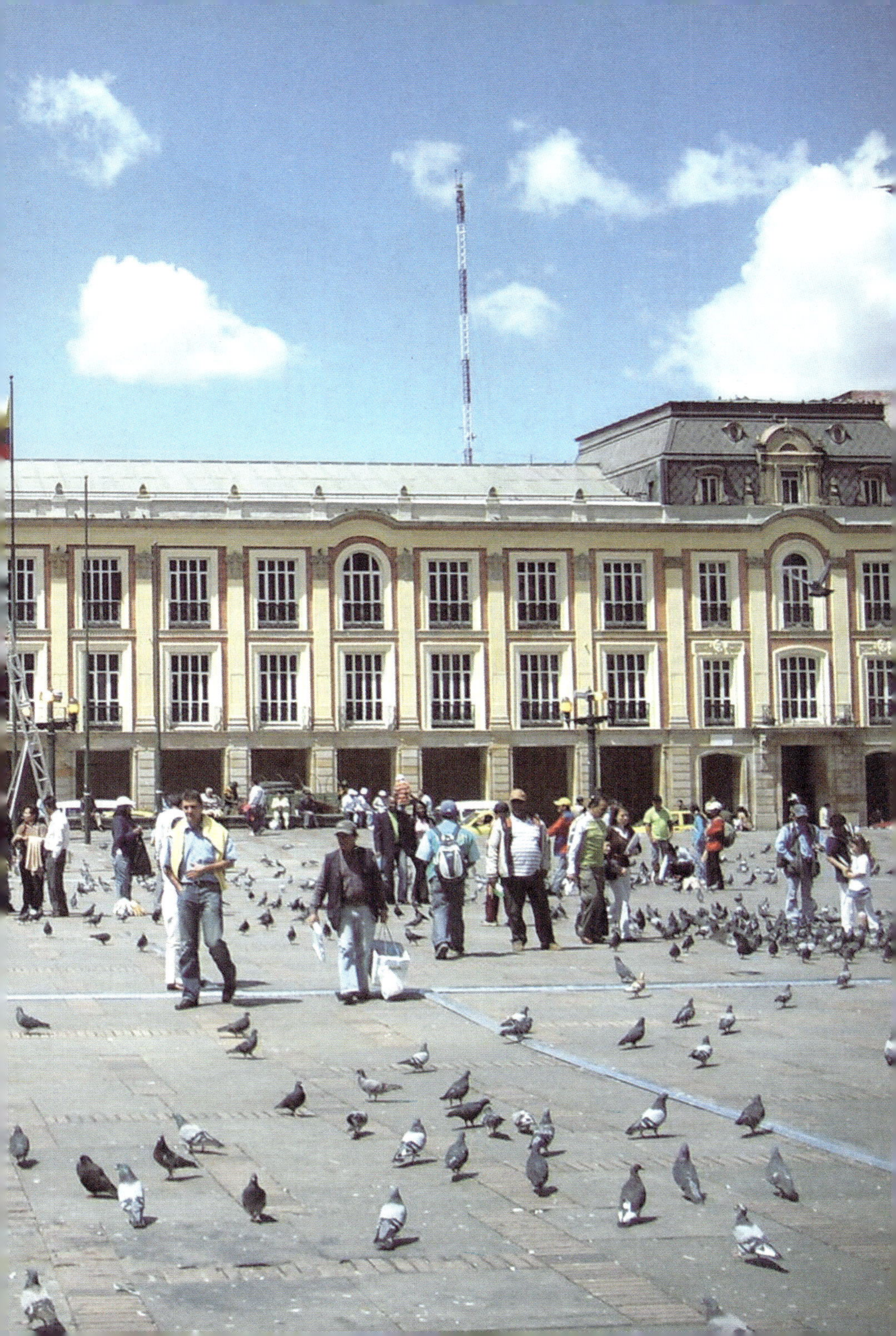

▲ 大教堂

定答案，他们会接着问对方是不是亚洲另外一个国家的人。那篇文章让我在这个问题上变得比较敏感。

在哥伦比亚和其他南美洲国家旅行时我也经常遇到同样的情形，我觉得主要是因为在南美洲我们中国人比较少，当地人不常见到中国人，而亚洲其他国家的人比较多，所以当地人在潜意识里会认为我们也是亚洲其他国家的人，就连跟我做了很久邻居的那个意大利人居然也不知道我是中国人。让人震惊的是教学楼里的门卫还问我是不是从亚洲其他国家来的老师。老天！哥伦比亚有如此多的来自中国的商品，你们看到东方人时为什么不先问他们是不是中国人呢？后来我干脆从大使馆要来两面国旗，一面挂在我的门口，一面挂在二楼的窗户外，这下谁都知道我是中国人了。

由于受那篇文章的影响，同时我又有强烈的民族自豪感，所以凡是遇到上来就问我是不是亚洲其他国家的人时就来气。

于是我没好气地回答那人道，你觉得那个国家的人西班牙语能像我说得这么标准吗？然后我又说，你没看到我穿的是中国传统服装吗？我是中国人！那人接着又问，你们中国的首都是香港吗？我的天啊！多么无知！听到这样的话，我的肺简直要气炸了，因为在我看来，人人都应该知道中国的首都是北京！转念一想，我决不能拿别人的无知来惩罚我自己。于是我笑眯眯地故意问了他几个让他十分尴尬的问题……

▲ 广场上的滑板高手

突然一个西装革履十分体面的哥伦比亚男子出现在我面前，问我是否可以坐在我旁边。看他挺有绅士风度，我就同意了，接着我们3个就一起聊了起来，我被夹在中间。那个体面的男子告诉我他是警察，并快速地出示了一下他的警察证。我什么也没看清楚，心里直犯嘀咕，无缘无故的干吗向我出示他的警察证呢？会不会为将来要发生的什么事儿打下伏笔？我立刻警觉起来。我们聊着不着边际的话题。他问我一些基本问题，例如，你从哪里来？我回答道，中国。我又强调了一下我是武术大师，在动荡不安的南美洲高调显摆自己是武术大师是十分有必要的。

对方恍然大悟，好像真去过中国一样。聊着聊着，突然他话锋一转，说道："目前哥伦比亚贩毒活动十分猖獗，去年我们破获一起亚洲人走私毒品的恶性事件。根据上面的指示，我们要对亚洲人进行严格检查，你是否介意跟我一起到胡同里检查一下？"突然，我想起我们学校的那位加拿大老师跟我讲的他刚到哥伦比亚时被假警察搜身，然后身上无缘无故多出一包白色粉末状的东

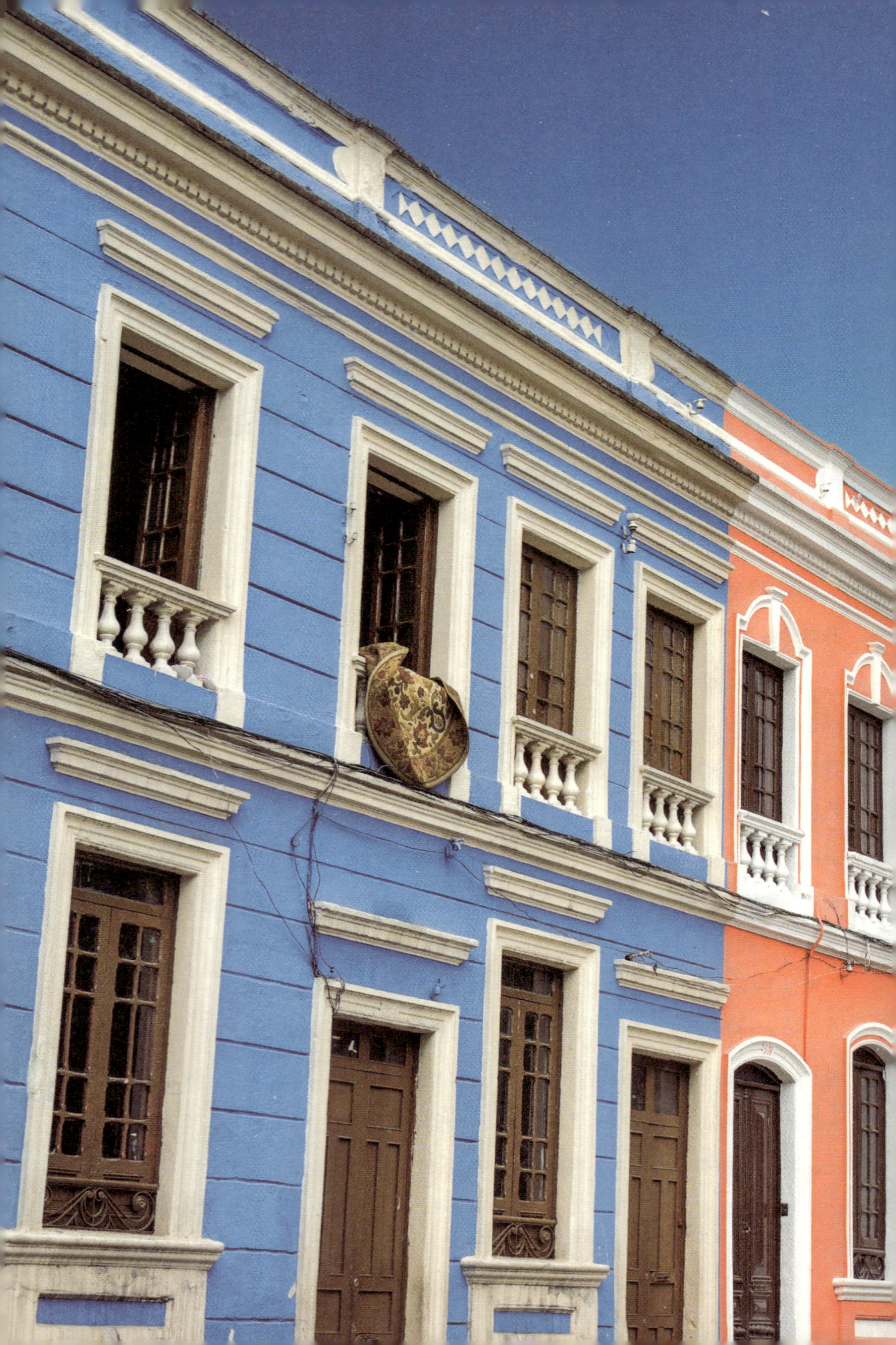

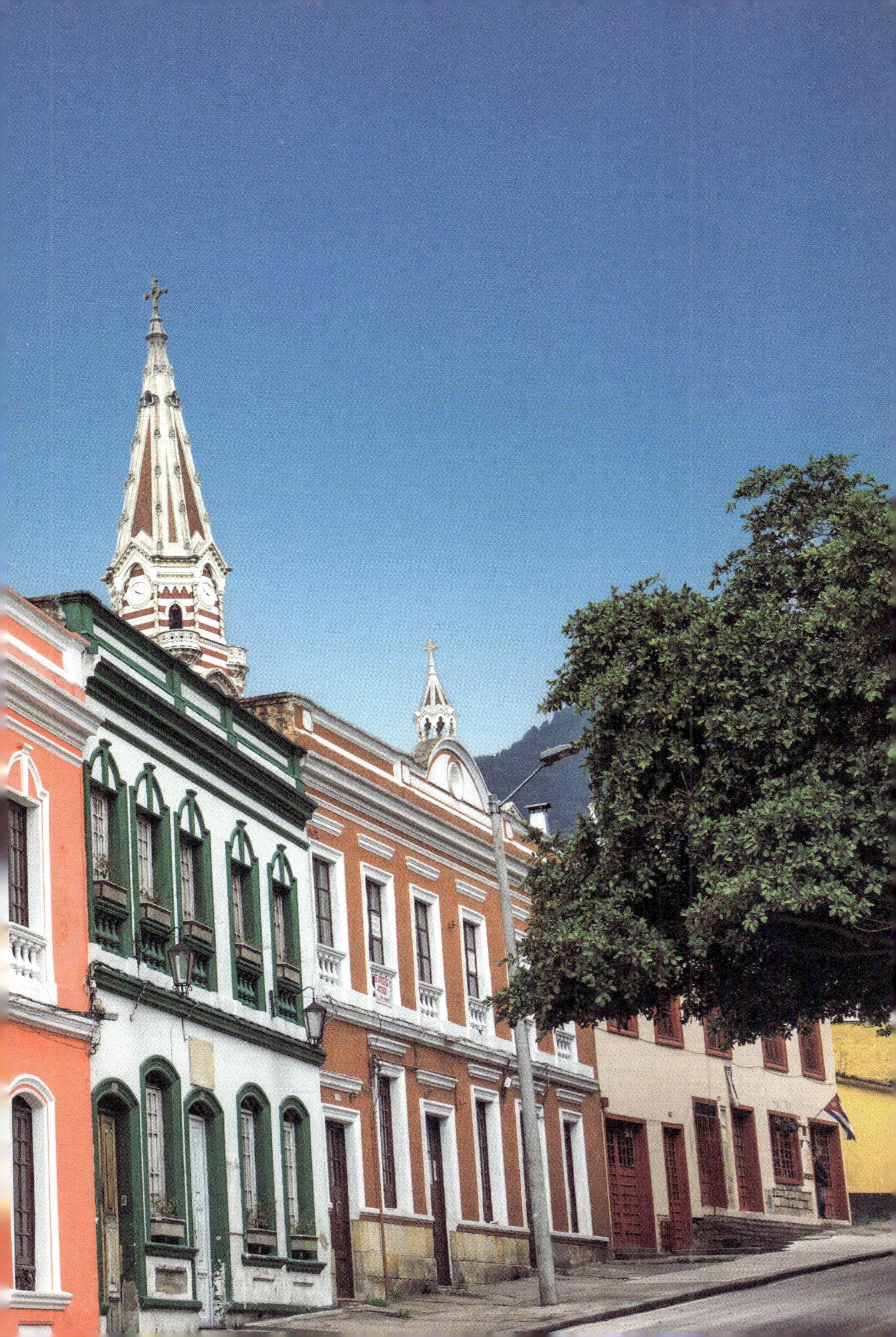

西，最后被敲诈600美元一事。一些网站也提醒来哥伦比亚或其他南美国家旅行的中国游客一定要小心假警察，防止被敲诈。另外，学生们也跟我讲，便衣警察是绝对不能对行人搜身的，所以我就确定那个便衣是个假警察。听到他说这句话，反应再迟钝我也知道要发生什么事了。我一下子从座位上跳起来，恶狠狠地骂他道："瞧你那小样儿，×××，我当然介意。"

他俩肯定期望我会束手就擒，结果被我这种反常举动给弄蒙了，呆在那里像傻瓜一样一愣一愣的，等他们反应过来，我早已溜得无影无踪了。

我敢肯定他俩是一伙儿的，那个巴西人先来试探我，然后决定下手。不管是假警察还是真警察我都不会让他们得逞。我之所以敢气势汹汹地骂他们，有两个原因：一是之前我在基布多时，在房间门口经历过一场枪击案，练就了我的一身胆气；二是我当时穿的是功夫衫，上面有李连杰的威猛形象，所以他俩得好好掂量掂量我的拳脚功夫，不敢上来硬抢。

在哥伦比亚当志愿者最奇妙的就是遭遇这种惊险刺激而最终又平安无事的经历之后所获得的快感……

亚马孙森林里的澳大利亚中医志愿者

自从来到南美洲做志愿者后，遇到很多奇妙的人和事，我的三观随时随地被刷新，记忆最为深刻的就是亚马孙森林深处的那位澳大利亚中医志愿者……

亚马孙森林覆盖了秘鲁、哥伦比亚、委内瑞拉、圭亚那等国家的部分土地和巴西的大部分土地，被称为"地球之肺"。亚马孙森林是神秘的，那里是一片广袤的地域，那里有世界流量、流域面积最大的河——亚马孙河，那是个充满危险的地方，那是个与现代文明相距甚远的神秘世界。在那上千条支流中有凶悍的食人鱼、大鳄鱼；在那浩瀚无际的原始丛林中有各种飞禽走兽，还有令人恐惧的毒蜘蛛、数以万计的蟒蛇；那里有凶神恶煞的毒贩子和强盗；那是一个连空气中都充满神秘、恐惧的地方；那里炎热潮湿，参天大树遮天蔽日；那里有2000万从未与现代社会接触过的原住民印第安人，他们世世代代生活在丛林中，依旧过着极原始的群居生活。

位于哥伦比亚境内的亚马孙森林是哥伦比亚与巴西和秘鲁的交界处，也是哥伦比亚最南部的一个省，名字就叫作亚马孙省。由于哥伦比亚的亚马孙森林地区有众多的游击队在活动，从北边进入森林地区非常危险，没准还未接近森林就被绑架了，所以要进入森林需要先乘飞机从亚马孙森林的上空飞过去，到达亚马孙省最南部的省会城市莱蒂西亚（Leticia），然后再折回来进入森林地区，或者直接进入秘鲁、巴西的森林地区。莱蒂西亚城又被称为亚马孙森林的

给生命加点料
从安第斯山脉到亚马孙森林

"金三角",它在地理位置上位于哥伦比亚、巴西和秘鲁三国的交界处,在亚马孙河的北岸,同时又是毒贩子活动极其猖獗的地方。

很早以前,贵宝锣就跟我商量去亚马孙热带森林探险旅行,我们便决定趁暑假去那里转一圈。贵宝锣是我的学生,对汉语和中国文化兴趣浓厚,他祖上是葡萄牙人,10岁时随父母来到哥伦比亚做金矿生意。虽然我早已知道亚马孙森林里很危险,有很多怪兽、巨蟒,以前又看过《狂蟒之灾》这部令人毛骨悚然的电影,但总觉得既然来了南美洲,离亚马孙森林如此之近,如果不去的话实在遗憾。我想起了罗马尼亚电影《多瑙河之波》中那位船长的话:"该死在家里的,不会死在船上!"再说了,亚马孙森林是我一生中想去的十个地方之一,以前我已经无数次在地图上"虎视眈眈"过这一绿色地区了。贵宝锣跟我说,在森林深处有个叫阿里乌塔(Ariau Tower)的度假村(比尔·盖茨到亚马孙森林时住过的地方,贵宝锣特别强调了这一点),那里提供一种面食,吃起来很像我经常跟他描述的凉皮,还有一种鸟的烤肉,吃起来很像我跟他描述的烧鹅。虽然我百分之百地确信贵宝锣在瞎扯,但是我的好奇的的确确远远超过了恐惧,自己终于把自己给说服了。最后,我怀着既兴奋又忐忑不安的心情跟贵宝锣一起出发了。我们打算先到莱蒂西亚,然后找印第安人做向导进入森林。

贵宝锣的家里比较富有,他家是一家美股上市公司的实际控制人,家里有架小飞机。贵宝锣对驾驶飞机有着非同寻常的痴迷,在美国拿的飞行执照,他总跟我说他的理想职业是做一名出色的飞行员,驾着飞机去世界各地。他的最大梦想就是有一天能亲自驾驶着自己的"小麻雀"飞越太平洋,飞到中国的少林寺去跟武术大师们切磋武艺。对于精通6种语言的他来说,做飞行员似乎埋没了他的才华。

值得一提的是,当我结束志愿者工作重返金融投资行业,我们公司与贵宝锣家的上市公司联合收购了南美的一家公司,最终获得丰厚回报。志愿者工作期间积累的人脉让我在职业发展方面受益匪浅……

我们约好6月6日的凌晨出发。我问了他一堆可笑的问题,例如,我们的小飞机会不会跟民航客机的线路重叠?我们飞越亚马孙森林上空时,有一段要经过秘鲁领空,或者如果没掌握好路线而稍稍地飞到了巴西领空上,他们那边会不会把我们击落?发生紧急情况后该怎样应对?有没有当地紧急救援的联系方式?实际上,我的这些担心都是多余的,因为心细如发的贵宝锣早已把一切考虑得很周到。

原来,在哥伦比亚,拥有私人飞机需要经过相关机构的严格审核,驾驶飞机出行也必须经过航空指挥中心的批准。私人飞机都有专门的航道,高度与民航客机也是不同的,不能因为是自家飞机就想飞就飞、想降就降。贵宝锣已经在8天前向航空指挥中心申请了起飞时间和降落地点,并获得了批准和确认。

整个晚上,我根本无法入睡。我的思维是跳跃式的,我在想要是真遇上一只攻击性动物该怎样对付它。大脑中一会儿浮现出一群食人鱼,凶神恶煞似的;一会儿又浮现出一只毒蜘蛛,张牙舞爪、毒液四溅;一会儿又出来一只大鳄鱼,张开血盆大口,露出锋利无比的锯齿牙,我就会快速地爬到树上去,鳄鱼总不会爬树吧?或者我先准备一些生肉,肉还是有麻醉剂的,把肉扔给它,它就不会追我了;一会儿又出来一条蟒蛇,我们该怎样对付它呢?之前在基布多教汉语时,我曾经勇敢地把爬到我房间的一条小蛇给杀掉了,虽然是条小蛇,但毕竟锻炼了一把勇气,所以这次我揣了一把匕首在身上,以防不测。

3点20分,我们赶到了波哥大北郊的私人飞机场——瓜亚马尔(Guaymaral),经过保安们层层严格的检查和确认,我们才来到贵宝锣的小飞机前。他的小飞机很漂亮,像只小云雀。飞机上有一个箱子,里面放了很多食物、各类药品和救险工具,如救生衣、救生艇、手电筒、各类刀锯、捕鱼叉、

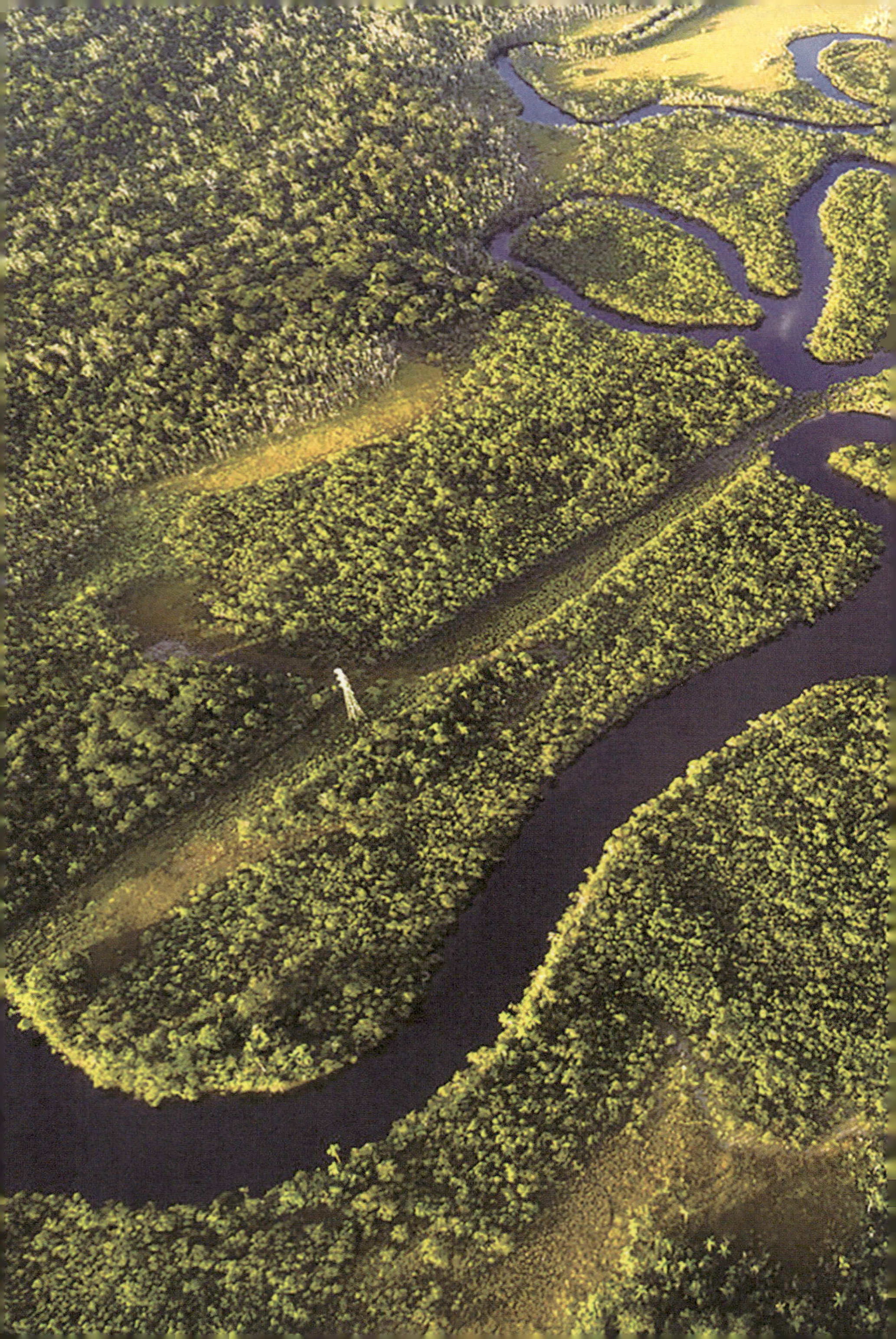

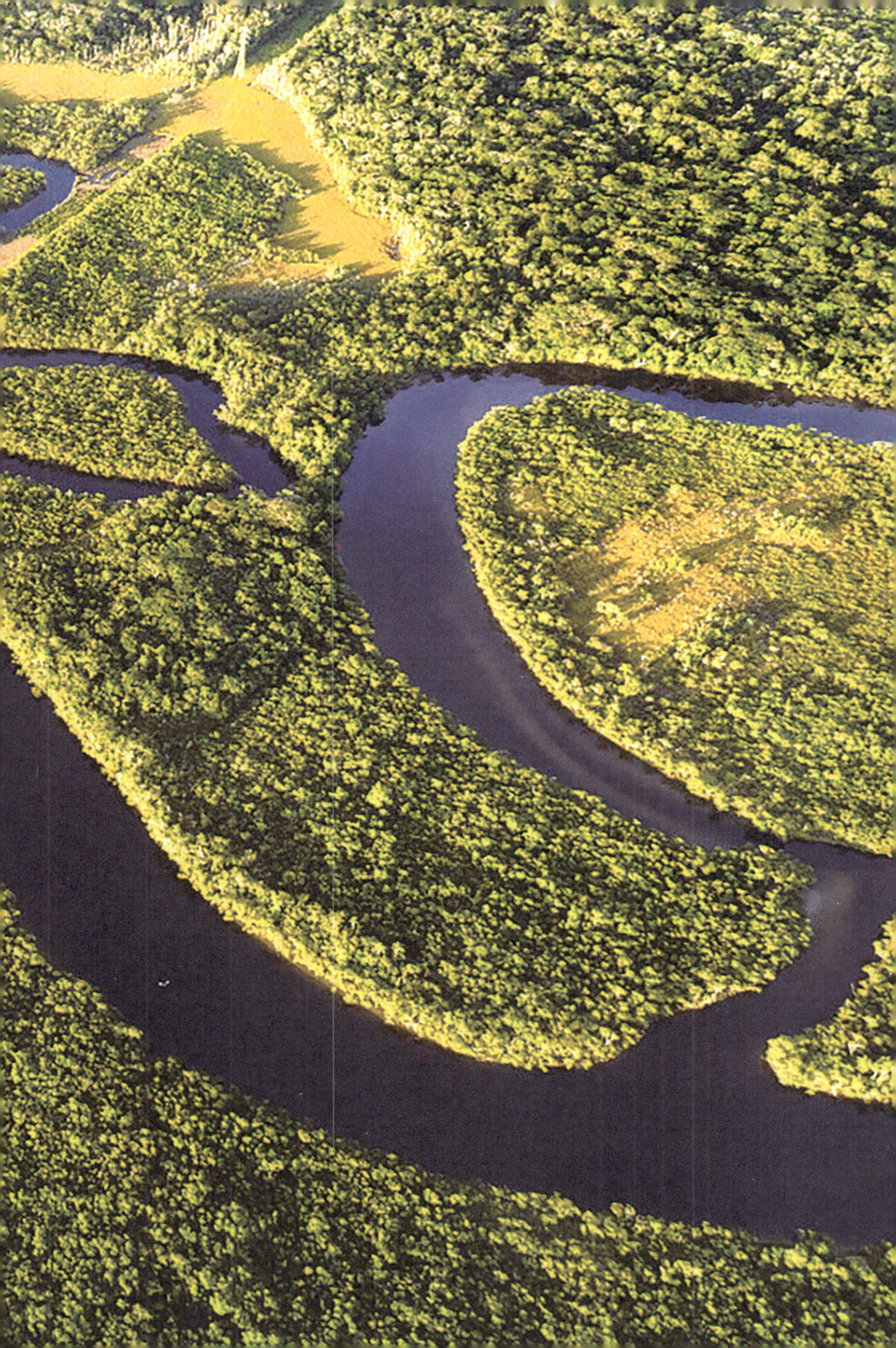

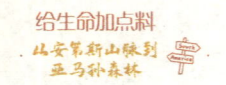

降落伞等，还有一支冲锋枪。看来贵宝锣是个很细心的人，但看到这些装备就让人感到很紧张。贵宝锣安慰我要放松，说这些东西只是以防万一的，他已有过66次的安全飞行记录，从未出过任何差错。"66"这个数字很吉利，而且我们出行的日子是6月6日，都是吉利数字。

还有6分钟才能起飞，贵宝锣向我介绍着飞机上的各种器件，教我怎样驾驶飞机，我对这些高科技的玩意儿向来不敏感，我想我这辈子都不可能学会驾驶飞机。

起飞前，贵宝锣穿上救生衣，并让我也穿上，说是亚马孙森林地区支流水域非常多，万一坠机到水里的话就能派上用场了，不怕一万就怕万一。我随口开了句玩笑："我们是不是也应该把最好看的衣服穿上？如果真出了事儿，当人们找到我们时，我们也能显得更帅点儿。"

飞机就在我俩的笑声中起飞了，我们听着南美音乐，此时我由于非常兴奋而没有一丝的紧张。一个半小时之后，我们就到了亚马孙森林的上空，此时东方已经泛出了红色的光芒。从飞机上望下去，亚马孙森林郁郁葱葱，浩瀚无际，宁静而神秘，亚马孙河就像一个温柔的女子静静地躺在他那宽大的怀抱中。突然我的大脑中蹦出了很奇怪的想法，那丛林里边一定有很多毒蚊子、毒蜘蛛、巨蟒、大鳄鱼、食人鱼之类的可怕动物，或许还有食人族。飞机非常小，遇到点儿气流就剧烈抖动。我们还有20分钟就要降落在莱蒂西亚城了。突然，天空阴云密布，电闪雷鸣——热带雨林的天气就是这样，变幻莫测。我心里开始发毛了，可千万别出什么差错。此时，我看到贵宝锣也有点儿紧张。人越是担心什么事情，什么事情偏偏越会发生。突然一个闪电袭来，几乎震破耳膜的雷声仿佛要把整个地球给摧毁了，我们的"小云雀"剧烈地抖动起来，"糟糕，飞机可能遭雷击了！"贵宝锣紧张地大喊了一声，接着，我听到有很多东西噼噼啪啪地砸在飞机上，应该是小冰雹。此时，飞机已经有些失控了，我在心中暗暗祷告千万别出事儿。我一生中想去的10个地方,才去了6个,而且这亚马孙森林还没有正儿八经地进去观光呢;强强欠我的2000块钱还没还呢;汉语课还没教完,传播中国文化的使命还没完成呢……自从来到哥伦比亚后,我已经历过两次这种命悬一线的危险:第一次是警察跟游击队在我工作的小城基布多的北边作战,第二次是被歹徒抢劫,好在最后都化险为夷。

贵宝锣是一个热衷于冒险的年轻人,在亚马孙森林中参加过各种各样的极限挑战训练,懂得如何在各种险境中求生存的绝活,跟他在一起任何危险都会化险为夷。

贵宝锣冷静了下来,沉着地调整着各种器件,倒是我急得满头大汗,又帮不上忙,心中暗暗埋怨自己,当初读大学时为何不读个飞机设计专业或是跳伞专业。贵宝锣摆弄了一阵子,飞机又奇迹般地恢复了正常,我们大大地呼出了一口气。事后,贵宝锣说可能是因为飞机遭雷击了一下,有些器件暂时丧失功能,好在又恢复了过来。最后,我们安全降落在莱蒂西亚的机场上,总算松了一口气……

以前,看过一些报纸、杂志关于莱蒂西亚的介绍,感觉很恐怖,但有贵宝锣在,我倒什么也不用担心了。莱蒂西亚作为亚马孙省的省会城市,实际规模也就相当于中国的一个小镇。大街上有很多印第安人,他们悠闲地做着买卖,偶尔会有人前来套购物品,说着非常专业的行话,我也搞不明白,贵宝锣解释说那种人是卖毒品的。但总体上感觉此城很安全。街上有很多拿着冲锋枪巡逻的警察,跟波哥大街头很相似,这也是哥伦比亚各个城市的特色。街上偶尔可见一些旅游广告,可以参加当地旅游团游览森林,但那些旅游团都只是带你乘船在水上走一走,无法完全体验森林的魅力和刺激。为了行动自由方便,贵宝锣找了当地一个印第安人做向导。那个印第安人告诉我们,每隔一段时间会有翻船事故,落水的人有的就被食人鱼吃掉了,这番话听得我上下牙直打架。为了安全，我们找了一艘质量可靠、比较现代点儿的游船，加上驾驶员一共4人，想要沿着亚马孙河的一条支流游览。

上船前，我们在河边转了转，发现河边堆着一些沙包，可能是用来预防涨水的。岸边有一些印第安人搭建的茅屋，一些印第安人正在前面的空地上闲聊，他们中很多人不分男女老幼，都只穿着短裤，赤裸着上身。他们统一打扮，脖子上挂着用植物做成的项链。也有一些比较文明的穿着上衣，时髦点儿的在脸上扣着一副大墨镜，但他们都光着脚。一位印第安成年男子，脖子上挂着一条小腿粗的蟒蛇，好让游客们把蛇放在脖子上拍照。贵宝锣怂恿我也拍一张，我站在那位男子跟前注视着他的蛇，做了好长一阵子思想斗争，最终还是没能下定决心，于是给自己找借口，说等下次来时再照吧。我们还看到一所学校，这可能是世界上最小的学校了吧，只有两间简陋的木制房子，破烂不堪。他们的房子都离地面有一段距离，这是为了防止动物爬进去。

眼前的风景，给人一种"弊庐隔尘喧，惟先养恬素"的意境。

小船在支流上行驶。河宽大约150米，水流平稳，河两旁是广袤无垠的热带雨林，河中偶尔可以看到一些灰色的东西，我以为是正在探头探脑、伺机进攻的鳄鱼，原来是从上游冲下来的植物。热带雨林的天气变幻无常，一会儿乌云密布、电闪雷鸣、狂风暴雨，一会儿又雨过云开，天空又恢复了瓦蓝，还挂着美丽的彩虹。此时的亚马孙森林像一个温柔美丽的女子，让人感觉不到任何危险。水面上静悄悄的，此时此刻我真正感受到了什么是远离尘嚣，回归自然。

在河面上漂流唯一有趣的事就是抓食人鱼。上船前，贵宝锣就买了一些生牛肉作为鱼饵。钓鱼钩刚丢进水里不到一分钟，便有食人鱼上钩了，贵宝锣钓上来一只比手掌还大的食人鱼，我很紧张地靠近来观察。虽然早已知道食人鱼在水中群聚时凶猛异常，只有一只时就成了缩头乌龟，但我还是小心翼翼，不敢靠得太近。鱼儿一副凶悍相，还拼命地挣扎，仿佛在说："有种把我放下来，咱俩单挑。"鱼的牙齿锋利尖长，腹部泛着血丝，据说是被动物的鲜血染红的。

大概是为了显示一下自己很勇敢吧，那个印第安向导居然建议我们下水游泳，说什么只要身上没有伤口，绝对不会有食人鱼来攻击的。说罢，他便跳下水去游泳了。贵宝锣也脱衣服准备下水。知道他是乐于冒险之人，我便开玩笑似的吓唬他道："小心食人鱼吃掉你的传家宝。"这招居然很灵，他听完便老老实实地待在船上了。那个向导游了一圈回来，确实安然无恙，他那神情像个英雄似的，但我觉得这种险还是不要冒的好。

我们白天在河面上漂流，有两个晚上睡在游船上，还有一个晚上住在了森林旅馆里。印象最深的是那家森林旅馆居然可以上网。旅馆的房间建在粗大的木桩上，在旁边绿色树冠的映衬下仿佛是鸟巢。贵宝锣一进"鸟巢"便开始学鸟儿叫，在大自然中做回自由自在的小鸟儿真快活。旅馆里有卖烤食人鱼的，我吃了一条，味道鲜美。不过吃完我就后悔了，我跟贵宝锣说："说不定那条食人鱼是吃过人肉的，换言之，要是泰坦尼克号沉在了亚马孙河中，那它吃的可能是杰克。"贵宝锣听完，也感到很反胃，他可是吃了3条食人鱼……

旅馆前面有一个庭院，里边有很多只有亚马孙森林才有的奇花异草，游客们可以一边喝着咖啡，一边欣赏美景。感觉我们正处在一座绿洲孤岛之上，远离了人世间的纷争与烦恼。

"一湾碧水一篷船，一层白雾层层峦。一幢小居山下坐，一篙撑醒天外仙。"诗中风景与眼前风景是不同的，但意境却是相同的……

就这样过了3天，我突然感觉索然无味，一点儿也不刺激，根本不像书上说的那么可怕。我提议下船，去森林里漫步。于是我们就下了船在森林里散步，这才感觉真正进了亚马孙森林，我们立刻兴奋起来。突然听到一声狼叫，好像离得非常近，我吓得打了一个寒战，树梢上的鸟儿们也惊恐地飞走了。原来是贵宝

1	2
3	4

▲ 钓到一条食人鱼
▲ 旅馆门前原始部落的图腾
▲ 印第安妇女
▲ 亚马孙河的一条小支流

锣在学狼叫，十分逼真，我打趣他道："小心把母狼引来。"

实际上，我们正处在一个叫阿马卡亚库（Amacayacu）的国家公园里，那条支流叫卡比那。丛林里炎热潮湿，参天大树茂密的树冠遮天蔽日，地上满是苔藓，走在上面很滑。无法通行时，大家就轮番砍掉挡道的树枝。刚进入森林时，我小心翼翼，时时留意四周和脚下有没有什么可怕的动物。亚马孙森林可是到处充满危险与杀机的地方,不要说一只小小的毒蜘蛛可以取人的性命了,就算是一棵不起眼的植物也能置人于死地。然而,我们走了很久,除了头顶歌唱的鸟儿,地上偶尔出现的几只蛤蟆、老鼠外,并未发现任何可怕的东西,感觉书里描写的和电影里演的有点儿夸张,便越来越放松警惕,还开始哼起了小曲儿。

贵宝锣滔滔不绝,向我们讲述着他当年在密林深处如何进行极限训练,如何的神勇。可以看出他异常兴奋,仿佛又回到了多年前。此时,我感觉面前的贵宝锣是个战无不胜、无坚不摧的金刚。我们就这样聊着、笑着,走了大约一个小时,我感到疲惫不堪,头晕眼花。突然,我看到一个干枯的大树墩,便打算坐下来休息一下,我一边招呼他俩休息,一边一屁股坐在了树墩上。突然,我感觉像是坐在了软沙发上,软绵绵的,而且屁股下面凉丝丝的。我赶快低头看,老天,这哪里是什么树墩啊,这是一条如同贵宝锣大腿那么粗的一条蟒蛇,此刻蛇头已高昂了起来,我吓得立刻跳了起来,拔腿就跑。之前多次在心里暗暗告诉自己"遇到蟒蛇要冷静,不要乱动"的话早已抛到了九霄云外。幸亏我中学时代50米短跑曾跑出6.9秒的好成绩,几个箭步我便跳在了贵宝锣和那个印第安人的前面,全身剧烈地哆嗦着。人总是在千钧一发之际被激发出惊人的潜能。与我相比,他俩倒显得异常冷静,并没怎么跑。我们再回头看,只见那条蟒蛇懒洋洋地伸了伸头,仿佛在伸懒腰,之后便又傻乎乎地埋头熟睡了。这条蟒蛇居然如此温柔善良,真是出乎我们的意料。它并没有为这突如其来的打扰而暴跳如雷,更没有出现电影上所演的那种恐怖场景,如凶神恶煞一般对冒犯者穷追不舍。想想也是,我只是轻轻坐它一下,它也犯不着这么小心眼来攻击我们。森林里的各类大大小小的动物,足以使它过着"衣食无忧"的富足生活了,所以它也没拿正眼对我们这3个"瘦猴"瞧一瞧。我们提到嗓子眼的心这才又重新放回肚子里。不过,我们一致认为还是快快离开此地为妙。遇见了那条蟒蛇我才发现,危险就在身边。我们已经无心在森林里散步了,决定回到船上。于是我们便开始往回走,并加快了步伐,我也无心再哼小曲儿了。

但奇怪的是,走到那个遇到蟒蛇的地方只用了一个小时,而现在我们回程都走了一个半小时了还没有见到卡比那支流。我怀疑我们迷路了,问那个印第安人,他也一脸茫然,并说这个地方他从没来过。在我们的追问下,他才实话实说,原来他只是莱蒂西亚的当地居民,刚做导游的工作没多久,并不是住在森林里很多年的地地道道的印第安原住民。在这紧要关头,我和贵宝锣也没必要过多埋怨他,只好自认倒霉。我现在十分庆幸当初没有接受他的建议去抓鳄鱼,否则搞不好是鳄鱼反过来抓我们。

此时,我心里开始发毛,十分后悔当初没有留在船上,随便拍上几张照片,晒在"脸书"(Facebook)上,也算是来过亚马孙森林了,干吗非要冒这个险?

森林里一会儿寂静得可怕,一会儿传来猴子、猫头鹰等各类动物的叫声,一会儿又有恐怖的怪声。森林里阴森可怕,我几乎每时每刻都在环顾四周,看有没有危险出现,看地上有没有毒蛇、附近有没有野猪。我突然想起《国家地理杂志》曾这样形容亚马孙:"People come because this is the last destination on earth."(人们之所以来到这里,是因为这是地球上最后一个目的地。)这句话是否在暗示这里险象环生,危机四伏,进来后就有可能无法平安出去?世界各地的探险家们都把亚马孙森林探险定为最后一站,来之前往往会先写下遗书,以防不测,由此可见其凶险异常。我越想越害怕。

只见贵宝锣从背包里掏出一个很精巧的玩意儿,摆弄了一番,然后记下了我们的准确定位,他很确信地说我们仍在阿马卡亚库国家公园里。随后,他掏出那张亚马孙森林特制地图,在上面找出我们所在的准确位置,然后跟那个印第安人叽里呱啦说了一会儿话。贵宝锣看着手表上的指南针,很自信地说我们应该朝哪个方向走。随后他又拿出手机,居然有信号。亚马孙森林旅游项目方兴未艾，当地都通过通信信号加强设备对森林地区进行了信号覆盖，因此，就算是日理万机的巴菲特身在密林深处，也不必担心与外界失去联系。贵宝锣给那个开船的人打电话，告诉他我们现在的位置，赶到他那里大概需要的时间，让他一定要等我们，不要乱动。贵宝锣真是聪明，办事非常仔细，知道把那些重要装备放在身上，在千钧一发之际居然都派上了用场。

我们开始按照贵宝锣的指引，朝正确的方向行走。此时我们已无心欣赏美景，只盼能够安全离开这里。不知走了多久，我感到口干舌燥、筋疲力尽，便从贵宝锣的背包里摸出一瓶水来。贵宝锣神秘兮兮地说，我们现在身处亚马孙森林，这里到处是危险，却也到处都是宝。说罢，只见他从腿部摸出一把匕首，走到一棵形状怪异的树前砍了一刀，树干中流出白色的天然"果汁"来，他伸长脖子张开嘴去喝，并招手示意让我也来喝两口，我怀着饮鸩止渴的悲壮喝了几口，感觉非常甜，有点露露杏仁露的味道，沁人心脾。我特别佩服贵宝锣，他懂的可真多。他解释说，当年他们极限训练时常喝这种天然"果汁"。

我感觉脚快要磨破了，疼痛难忍。湿滑的地面把我折磨得疲惫不堪，浸满汗水的衣服紧紧地贴着身体，感觉整个人像是刚从水中捞出来的一样。贵宝锣和那个印第安人在前面轮流开道，我在心里暗暗祈祷，一定要平安返回。回去后，我一定要把那些一直盘算着却一直未付诸行动的事情一一实现。正想着，突然，卡比那支流出现在我们面前，我兴奋得想大叫。

我们沿着支流往下游走，突然遇到一个小村庄，那里有几间茅草屋，仿佛是森林里长出的蘑菇。我看到十几个印第安人围着一个人。

我们走近一看，原来是一位金发碧眼的老外正在给原住民们治疗疾病，我们情不自禁地跟他攀谈起来。

"您是哪里人啊？"我好奇地问道。

"澳大利亚人。你呢？是从中国来的吗？"他回答道。

终于遇到一个明事理的人了,一上来先问我是不是来自中国而不是其他国家,我立刻心花怒放。

"对,我来自中国。"我回答道。

"太好了,我在中国学习生活过很多年,我会说中文。"那个澳大利亚人直接用中文说道。

我又惊又喜,在遥远的亚马孙森林深处,居然遇到了一位金发碧眼的澳大利亚人,而且还在中国学习生活了多年,还会讲中文,那种喜悦的心情是无法用语言来形容的。

那位澳大利亚人叫乔治,30多岁,对中医非常感兴趣,在北京读的医学博士,中文非常好,毕业后在北京工作了一段时间后去中国的西部做了一年的医疗志愿者,后来又来到亚马孙森林做志愿者,为当地原住民治疗疾病,平时住在莱蒂西亚,会定期到森林深处为各个村庄的原住民们治病。在澳大利亚,医生是高收入职业,但他没有返回澳大利亚去挣大钱,而是来了这里做免费医生。

我对他的敬佩之情油然而生……

"你为什么会来到这里做志愿者呢?"虽然我自己也在做志愿者,而且也知道澳大利亚人在做志愿者方面向来是无与匹敌的(大部分人都做过志愿者),但还是很惊讶他居然会来到危险重重的原始森林里做志愿者。

"做自己喜欢做的事情!这里的原住民需要我,给他们治病让我感到快乐!"乔治说。

"但森林里有很多原住民,你一个人势单力薄,能行吗?"贵宝锣担忧地说。

"虽然我一个人的力量是微薄的,但我相信再小的爱也能带来改变,给原住民们看病,能让我获得心灵上的安慰和满足。我喜欢这片森林!"乔治说这话时望着远方。

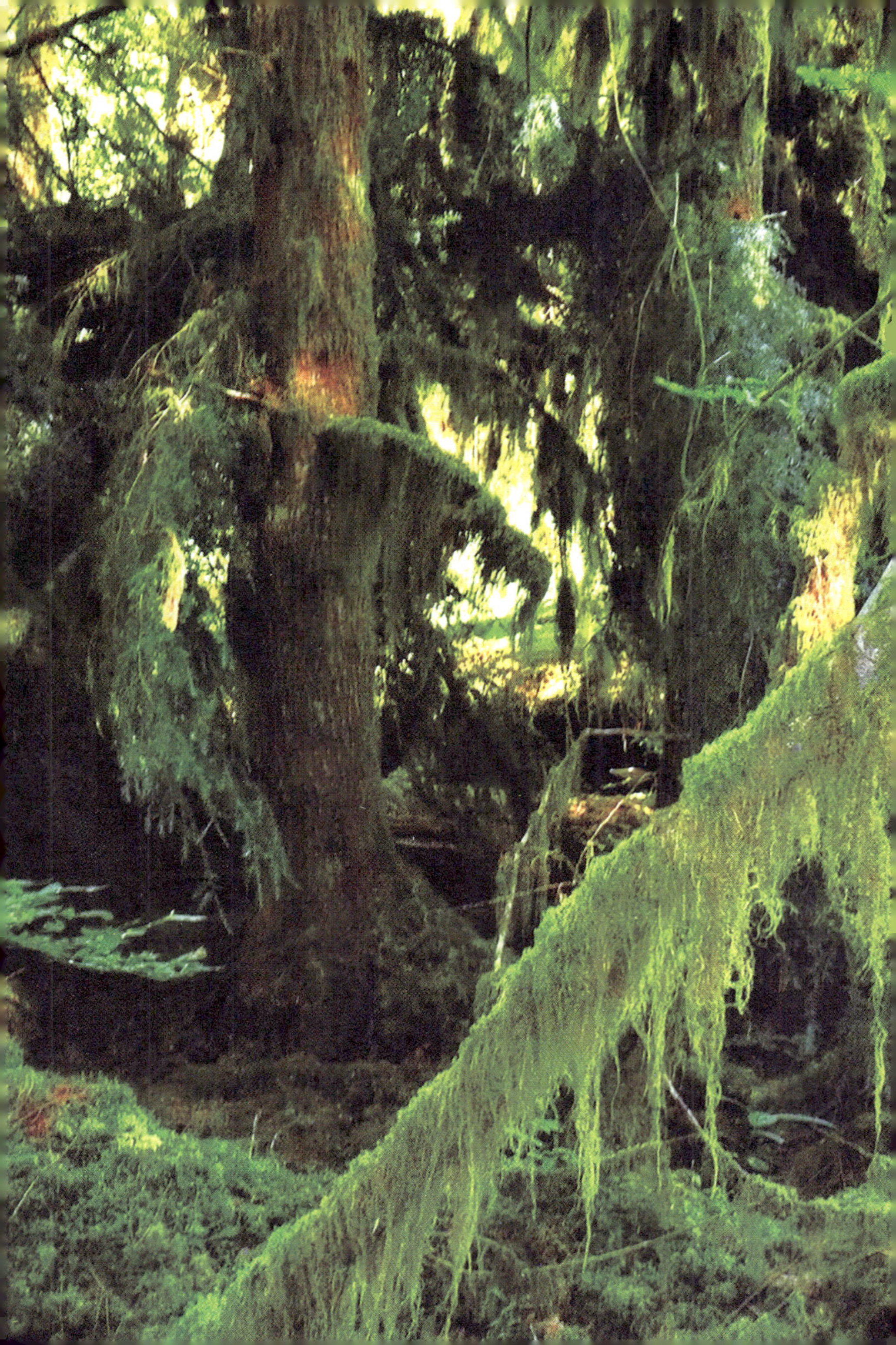

▲ 密林深处

是啊，做志愿者的理由简单而纯粹！世间最美好的爱就像一缕阳光，热烈而轻盈，却从不索取。

美国心理学家马斯洛在《人类激励理论》中提出马斯洛的需求层次理论分析，把人类需求像阶梯一样从低到高按层次分为五种，分别是生理需求、安全需求、情感和归属需求、爱与尊重需求和自我实现需求。

一个人在较低层次的需求得到满足后，会很自然地去追求更高层次的需求。对热衷于参加志愿活动的志愿者来讲，他们已经不再满足于低层次的需求，他们对人生往往有更高层次的追求，他们追求的是爱与尊重和自我实现。

还未满足较低层次需求的人是很难理解一个人为什么要去做志愿者的。

志愿者们通过志愿活动奉献和付出，获得受助者的尊重，从而满足自己的爱与尊重的需求。对于一些志愿者来说，志愿活动已经成了他们的理想和抱负。他们通过志愿活动充分发挥自己的潜能，使自己感到充实、收获快乐，从而满足自我实现需求。

从心理学上讲，做志愿者十分有利于自身的心理健康水平的提高，可以提升自我价值和幸福感。

所以做志愿者是快乐的。志愿者的生活，你没有经历过就不会知道其中的艰辛；那种艰辛，你没有体会过就不知道其中的快乐；那种快乐，你没有拥有过就不知道其中的纯粹。

天色已晚，我和贵宝锣恋恋不舍地离开了那个小村庄。我被乔治深深地感动了，他的一举一动在我脑海里一直挥之不去……

我们又顺着卡比那支流走了10分钟，终于看到那艘游船了，我们欢呼起来。

我和贵宝锣精疲力尽地躺在游船的甲板上，蓬头垢面，满身的汗味。

贵宝锣约我明年去更刺激的巴西的亚马孙森林深处探寻食人族，我获悉食人族早已不再吃人了，便欣然接受，舍命陪君子，患难之交才是真正的朋友啊！不过，下次一定要找个脑瓜灵光一点儿的向导。

这次亚马孙森林之旅最大的收获就是遇到乔治，他使我的三观再次被刷新到了一个新高度……

离开前我们与乔治交换了"脸书"，之后我们一直保持着联系，交流做志愿者的心得体会，但后来我的账号由于长期打不开就被系统自动注销了，就这样跟乔治失去了联系，也不知道他现在在哪里，是否已经回到澳大利亚？也许有一天在墨尔本的街头我会偶遇他……

旅行最美妙的一部分就是可以与各种各样的人和物相遇，在感受这个七彩世界的过程中，你的三观一次又一次地建立、崩塌、重塑，渐渐地你的人格越来越完善，越来越完整，最终你将成为一个颇具人格魅力之人。

可爱的活宝们

随着中国经济的迅猛发展，综合国力和国际地位的不断提升，全世界都在聚焦中国。中国与世界各国在政治、经济、文化方面的交流日益频繁，汉语自然也急速升温，国际社会对汉语学习的需求迅猛增长。据国际统计机构提供的资料，目前在国外使用和学习汉语的人数已超过一亿人，有上百个国家在各级各类的教学机构中教授汉语。

拉丁美洲各国都积极地跟中国进行经济合作，汉语在整个拉丁美洲快速升温，在哥伦比亚表现得尤为突出。走在哥伦比亚街头，经常能遇到会说"你好""我爱你""再见"这3句话的当地人，总能碰到一些身着印有汉字衣服的年轻人，衣服上的汉字是"天下第一剑""我是小龙人"等。有些年轻人干脆在小腿上或是后背上文上一条彩龙。我上次在7号大街的十字路口看到一个年轻人在后颈上文了个"健"字，在超市，我曾看到一位年轻男子的衬衫上写着"热血江湖"4个大字。我去古巴旅游时，在唐人街附近的大街上看到一个古巴青年光着上身，背后文了4个大字"龙的传人"，他走路时的表情很自豪，神气活现的，也许他们并不明白那些汉字的真正含义，但他们要的就是这种异国情调。

目前有很多所哥伦比亚高校开设汉语课，而其他开设中文课的教学机构或培训机构更是遍地开花。前几天，波哥大的一所大学问我是否可以到他们学校做兼职老师，另外一座城市的大学校长也给我打电话问我下学期是否可以到他们学校教授汉语。他们的这种热情让我很感动，越来越多的人开始关注中国，开始学习汉语，无奈我分身乏术，很不好意思地拒绝了他们。

毫不夸张地说，在波哥大，如果你能讲一口流利的西班牙语，除了能够开展各级别的汉语课教学，还能开展中国历史文化旅游课教学，那么你的课程表就会从星期一的上午8点一直排到星期六的晚上8点（星期天是哥伦比亚人的重要休息日，雷打不动，所以不会有人上课的）。汉语在哥伦比亚热得如火如荼，当地人对汉语的热情不亚于对足球和选美的热情。

很多人为博大精深的中国文化所倾倒，他们对中国文化及汉语的痴迷让人很感动。前几天，来自基布多的消息让我激动不已，我以前的学生们还在自学着汉语，他们每个周末都会聚会讨论学习中的问题，然后他们的代表给我打长途电话，我通过电话给他们解答问题。其中的何塞、理查德和弗拉米尼奥都已六七十岁，我为他们对中国文化和汉语的热爱而感动，真想立刻飞到基布多去继续教他们汉语……

住在我隔壁的那个美国小伙子在我的熏陶下，把他的另外一个房间装点成了中国文化屋，墙上挂满了中国的古诗和勉励自己的座右铭。每次我们聚会时，一人穿一件中国古典文化衫，摇着中国古扇（实际上，波哥大四季如春，根本不需要扇扇子），品着龙井茶，欣赏着经典歌曲《高天上流云》《红梅赞》，或把国粹京剧放几个名段，如果再画两个花脸的话，我们就可以开始唱大戏了。

在南美各国的商店里，中国产品随处可见，各类电子产品、衣服，就连豆芽、豆腐这类中国传统食品也能在当地的超市买到。每次去学校经过一家超市，超市老板都会向我伸大拇指，兴奋地向我喊着"阿米糕"（Amigo西班牙语：朋友），他店里的很多商品来自中国，我为我们中国在哥伦比亚有如此深远的影响而感到骄傲。由于中国非凡的影响力，汉语自然也在南美国家受到追捧，哥伦比亚已有多所高校开设中文课，隔壁大学在找不到合适人选的情况下居然找了个美国人来教中国历史与文化这门课。

我觉得哥伦比亚政府和校方的动机是好的，但是很多学生对于学习汉语的目的根本不明确，有些人是完全出于好奇而来凑热闹，有的则是叶公好龙式的，所以在我的课堂上出现了很多闹剧。

我的学生普遍很懒散，上课总迟到，他们能在上课20分钟内赶到教室就已经很不错了。每次上课我都是第一个到教室的，这种情况在中国是绝对不会发生的。但一到我家吃中国饭，他们可是一个比一个积极，往往提前半个小时就齐刷刷到了。后来我就警告他们说，以后上课我们执行国际标准时间，而非哥伦比亚时间，凡是迟到3次及以上的，考试成绩一律给"鸭蛋"。

我让他们复印教材，结果只有十几个学生照做了，其他人上课时只是竖着两只耳朵听一听。我问他们为何不复印，一个男生十分认真地向我解释："吴大利亚，我们没有钱复印，我们每天开车来上课，现在的汽油费很贵，还要交停车费，还要吃午饭，支出太大了。"当我把此事讲给其他老师听时，他们个个笑得前仰后合，谁都知道，这所大学的学费十分昂贵，如果没钱的话是进不来的。

有时候，他们问我的问题十分搞笑："老师，为何一个'你'字和一个'好'字放在一起的意思是Hola（你好）？"面对此类问题，我只好耐着性子反问他："为何C-O-L-O-M-B-I-A这几个字母放在一起是'哥伦比亚'的意思？""老师，为何你写汉字时要按笔画先写左边，后写右边？"我只好反问他："为什么你写Colombia这个单词时先写C，而不先写b后再往两边写？或者你写C这个字母时，为何是从上往下写？为何不从中间往两边写？""老师，我们怎样才可以把这些不同情况的问句运用得很灵活呢？"我回答道："你只有学习学习再学习了，没有捷径可走。"他们总想让我教给他们一个制胜的法宝，不用学习，就能说一口流利的汉语。"老师，为什么你们中国人把菜做成汉字形状？""那是一种艺术。"有个经常缺课的男生问我："为何在中文里很多国家名称都带有'国'这个字，例如'法国、美国'，而'西班牙、哥伦比亚'这些国家名称就不带'国'字？"我回答道："这是习惯用法。"我真佩服他们这群活宝居然能问出这种稀奇古怪的问题。我跟他们讲我们中国人在结婚或者重要节日时喜欢用红色装饰，因为红色代表着喜庆、幸福、吉祥等，居然还有人觉得不可理解。我进而解释，就好像哥伦比亚人喜欢黄、红、蓝3种颜色（国旗的颜色）一样。我现在对这种问题已经麻木了，习以为常了，不管多么稀奇古怪的问题，我都耐着性子给他们解答，满足他们那不同寻常的好奇心。

他们懒散的学习态度让人哭笑不得，他们上课时居然可以自由用手机，可以自由上厕所。我们上课中间从来不休息，一直上到底，只要一休息，就有人缺席。有的去吃饭了，一顿饭能吃到日落西山，吃完饭我们这课也该结束了。有好几次，我们课都结束了，居然还有学生晕晕乎乎来上课。为了提醒学生们上课好好听讲，校方用心良苦地在每间教室里都安装了一个假的监视器，旁边还写着一句话："你们上课时不需要被监视吧？"很滑稽。

他们上课时的穿戴很有意思：有些学生西装革履，很是讲究；有些学生穿得很休闲，牛仔裤上钻上几个大洞，玩儿酷；有些男生的牛仔裤穿得非常低，感觉马上要掉了，为何穿成那样就很令人费解了。一次，我实在有点杞人忧天地提醒一个男生，结果被告知那是一种时尚。一位女生的父母可能是做绿宝石生意的，她双手居然戴了6个绿宝石戒指，写字时笔都拿不稳了。有个女生家里是做服装贸易的，下课时，她会把各色衣服拿出来展示，教室立刻变成了交易市场。女生们当着男生们的面毫无忌讳地试穿衣服，穿好后让男生们提建议，然后当场交易，那个女生真有经济头脑。还有学生在课堂上卖其他地方的特色小吃，无奇不有。先后有两个男生缠着我买他们卖的彩票，而且明知我刚被抢过，已经穷得快揭不开锅了。最终我实在招架不住他们的聒噪，就分别买了一张，心想，没准儿还能中个千儿八百的，谁知奖品也只是一瓶威士忌而已。当我把汉语光盘借给学生们拷贝时，一位学生居然"批评"我道："老师，你太没有经济头脑了，你可以多拷贝上几盘，然后卖给他们。"这话让我震惊不已。

上节课重复教了很多次"你叫什么名字？你是哪国人？"，这节课上他们却忘得一干二净，不知如何回答。他们找借口说他们太忙了，我只好叹息："对，你们就像哥伦比亚总统一样日理万机。"我讲过的东西，他们从不做笔记，下次遇到同样的问题又周而复始地问。一次，我刚讲完"有没有"正反疑

▼ 哥伦比亚的色彩：红黄蓝

问句，一个学生居然说他刚才没注意，问我是否可以把课文从头到尾再讲一遍。当我又重新讲时，那个学生居然在跟他的同桌聊天，我大喊"Niños, niñas（孩子们）"——用这个词最恰当不过了，他们可不就是一帮孩子嘛！有一次讲故宫，我已经激情澎湃地讲了一个小时，把明朝的历史故事和故宫伟大的建筑艺术讲完了，正在给他们展示图片和播放视频。突然，一个女生如梦初醒，像发现了宝藏似的，兴奋地大叫："哦，原来是故宫！"其他学生都哈哈大笑，真不知她刚才是梦游到了长城还是夫子庙。教了他们很多遍的"餐厅"，他们非按照西班牙语的方式把can发成kan，"餐厅"就成了"侃厅"。"bóbo（伯伯）"跟西班牙语的"bobo（傻瓜）"一模一样，他们就每次管"伯伯"叫"傻瓜"。"苹果"这个词可跟"朋友"相差万里，但就是有人分不清，只听他说道："我喜欢吃朋友。""我女苹果很漂亮。"还有人把"老师"和"老鼠"弄混了，每次管我叫"老鼠"，我的天啊！我的脑细胞就这样被他们折磨得成百万地死亡，但我这人特别乐观，把这些滑稽的闹剧视为一种难得的快乐。有个地方他们还不算无可救药，我给他们讲"请问"这个词，明确告诉他们很多外国学生由于读的声调有问题，把"请问（四声）"读成"请吻（三声）"，意思是"Por favor, besame（请你吻我）"，让他们要小心，这一点他们记得很清楚，每次都读得挺准的，若是偶尔有人读错了，其他人都哈哈大笑，他也能很快纠正过来。

▲ 教室里的假监视器，旁边写着：你们上课时不需要被监视吧

给生命加点料
从安第斯山脉到亚马孙森林

▲ 帕特莉西娅（右）学习中文非常刻苦，后来她到清华大学留学了两年

有时候，我们上课简直就是在搞笑。例如，上课前我们会练习一些会话，有一段会话是这样的，问："明天星期六，你想去哪儿？"答："我想去长城。"问："长城远不远？怎么去？"答："比较远，坐火车。"但就有人很有创意地答道："比较远，坐牛去。"或者是"坐猪去"，还有更酷的回答"坐老鼠去"，"坐狼去"，也不怕狼吃了他。可爱的活宝们！有时候，我感觉自己就像幼儿园的大哥哥，哄着一群超龄宝宝。

每次课快要结束时，我们都要进行听写训练，他们总是一脸不幸的样子，向我诉了一大堆苦，说他们为了赶上早上7点钟的课，每天都是凌晨5点起床，一到下午就疲惫不堪。我问他们晚上几点睡觉，他们回答："我们每天的作业很多，每晚都是12点睡觉。"乍一听，真像中国古代的读书人，为了金榜题名，头悬梁、锥刺股般地刻苦学习。我布置的课后练习是把汉字抄写5遍，他们便跟我讨价还价，最后我只好妥协："好吧，给你们打个折，抄写3遍算了。"交作业时，居然还有人偷工减料，有对情侣只交了一份作业，他们跟我说："我们是情侣，这是我们共同完成的作业。"

一到考试，他们就会拼命地游说我，跟我讨价还价："吴大利亚，千万别把题出得太难。"或者用糖衣炮弹来对付我，眨眨一只眼睛说："吴大利亚，咱俩是好哥们儿，你能不能给我透露点题？"有一个班居然游说我说，考试时能不能组成"考试夫妻"?"考试夫妻"?真是新鲜事儿,就是考试时,两人组成一组互相提示答题。我故意问他们:"看看咱们班上,只有3名男生,却有9名女生,男女不够配对,怎样才能组成夫妻?"他们哈哈大笑说没关系,两个男生或女生都可以组成"夫妻"的。真服了他们了,为了考试得高分,居然"饥不择食"了。还有一个班问我,口语考试时能不能用西班牙语考?

考试那天,他们齐刷刷地到得很早,没有一个迟到的。当我走进教室时,大家已在热火朝天地练习口语会话,临阵磨枪,不快也光。由于考试总分数包含平时做作业的分数,所以他们会在考场上一口气把以前漏掉的作业全部补齐。考试结束时,一个活宝直接把自己的卷子判成100分交了上来,还"大言不惭"地跟我说:"吴大利亚,看我多好,直接帮你写好了分数,你不用麻烦了。"等出成绩时,他们又会为了一两分,甚至零点几分跟我讨价还价:"吴大利亚,把我的分数加0.1分好吗?"刚给张三涨了0.1分,李四又来了:"你都给张三涨了分数,也给我涨点儿吧。"最后,我们"达成共识",每人涨0.1分完事。考试结束,每人发一面中国小国旗作为奖品。

有些学生为缺课找的借口五花八门,一个经常缺课的男生跟我说,他昨天缺了节课是因为他跟总统有约。从此以后,如果那个学生缺课,我就会主动问道:"昨天,你是不是又跟总统有约了?"我跟其他一些去过很多国家教学的外国老师交流过,他们都普遍认为中国学生聪明,而且用功,当然也好教,他们都很喜欢中国学生。

另外,他们"两耳不闻窗外事,一心只读圣贤书"的态度真让人佩服。中国历史文化和地理这门课已经学了半学期,也该期中考试了,测试采用他们的母语西班牙语,但测试结果让我震惊不已。例如,唐代首都是哪里?答案五花八门,有答南京的,有答香港的。"上有天堂,下有苏杭",描写的是中国的哪两个城市?居然有人回答是北京、上海、香港或者是威海。列举中国古代的四大发明，居然有人回答是筷子、饺子、汉字和武术，还有人回答是全聚德烤鸭。全聚德的老板真该好好感谢我，看我把他们的烤鸭宣传得多么好。还有一道题更搞笑，中国历史上唯一的女皇帝是谁？居然有人把我的名字写了上去。当我明确告诉他写的是我的名字时，学生们哄堂大笑，那个学生赶快向我道歉："老师，真对不起，我绝对不是有意的，因为武则天和你的姓发音相同，我搞混了。"

可爱的活宝们！他们就是未来的外交官、法官和金融大鳄（罗萨里奥大学主要培养这些领域的人才）！实际上他们一点儿也不笨，如果笨的话是无论如何也进不了这所大学的。

来这所大学教授中文前，听说此大学是拉丁美洲比较著名的大学之一，是专门培养外交官的大学，已有29位总统毕业于这所大学，学生的家庭条件都很好，学校硬件设施也比较好云云。当时我就在想，这里的教学设备应该比之前的那所大学更先进，讲课会很方便吧。结果还是让我感到有点失望，他们的教学设备还是比较陈旧。而且，每次上课前，我都得不厌其烦地往返于教室和视听设备借用室之间，因为我刚借的录音机不是哑巴（喇叭掉了），就是心梗（线路不通），有时为了给学生们放张碟片，我们一群人像打游击一样从这座教学楼转战到另外一座教学楼，有时要换好几个教室。不过，他们也有很先进的视听设备，例如，有可以进行同声传译的会议室，我在一座教学楼里也的确见到很多会议室的视听设备非常好，但由于有些教学楼有300多年的历史，再加上南美人办事效率低得惊人，以至于很多设备直到现在都还未更新。

另外，校方安排的时间也不合理。我的课是下午1点开始，很多学生都是12点50才结束上节课，如果来上我的课，午饭就泡汤了，以至于有时候下午上课他们都像霜打的茄子。有天下午我讲北京烤鸭和饺子，我首先跟他们描述了北京烤鸭是如何鲜美，当我给他们描述饺子是什么美食时，我犯了一个很可笑的

▲ 活宝们在考试

错误。我的原意是把肉馅、葱和萝卜放在一小块儿面片儿上，然后包成类似于中国古代元宝状的东西就是饺子了。当说到 Harina（面粉）这个词时，我把第一个a发音成o，因此词义大变，"面粉"变成了"尿液"，所以我说出来的话就是：把肉馅、葱和萝卜放在尿液里，然后包成中国古代元宝状的东西就是饺子了。我讲得兴高采烈，但感觉学生们的表情越来越不对劲，终于有一位男生忍不住问我道："应该是'Harina'（面粉）吧？"我恍然大悟，学生们都哈哈大笑。另一位男生大叫道："老师，我很饿，就算是用尿液包的饺子我也能吃下去。"我只好叹息："这节课我们真不应该讲吃的。"一个大活宝教了一群小活宝。

另外，校方专门负责排课的秘书马虎得简直不可救药，我的课居然跟3个班的课都冲突了。调节过程中，中级班的学生和初级班的学生争得不可开交，谁也不愿意牺牲一次课。最后，我开玩笑道："要不，大家一起上课算了，我先给初级班上10分钟，再给中级班上10分钟。"谁听到这话都知道是开玩笑的，可他们居然同意了，最后这两个不同年级的学生都在同一时间坐到了一起。我们上课时，那情形跟倪萍演的《美丽的大脚》一模一样："一年级的同学请翻到第5课跟我一起读，二年级的同学请先自行预习一下课文……"

我十分喜欢中级班，虽然学生不多，但他们学得很认真。他们都能及时地完成作业，也不迟到，尤其是一位学国际关系的男生，他叫安德莱斯，只有22岁，十分厉害，精通5种语言，居然担任过国际会议的法语和西班牙语的同声传译员。他极有语言天赋，中文学得非常快，我每讲一个生词，他很快就能掌握，而且还能举一反三；只要是我讲过的语法点，他都能牢记在心；练习听力时，他几乎能准确回答出每一道题，而且他的记忆力十分出众，有时听上一大段，也都能记得很清楚。另外，还有10个学生也学得很好，我们第一次考试，居然有人考了满分。对于za、ca、zha、cha、sa、sha这种极难的发音，居然有两个学生没犯错，可见他们在课下下了功夫。这对我是一个很好的安慰和鼓励！

在这个班上也闹了不少笑话，例如讲到"外婆""老婆""婆婆"这几个词，他们好像无论如何也无法理解，因为中国的称呼对他们来说很复杂。在西班牙语中，外婆和奶奶统统叫作"Abuela"，爷爷和外公统统叫作"Abuelo"，堂哥、堂弟、表哥、表弟统统叫作"Primo"，堂姐、堂妹、表姐、表妹统统叫作"Prima"，而在中文中却有不同的叫法。所以很自然地，一个男生问我，丈夫是不是也应该管他妻子的妈妈叫"婆婆"呢？要说这"老婆"可比"外婆"年轻多了，为何要用"老"这个字呢？我自然明白他们为何糊涂了。在他们看来"老婆"就是"vieja"（老婆婆），所以就顺理成章地做出如此推理。由于我不是专业搞对外汉语教学的，对古代造词法没有专门研究过，只好牵强附会地解释，中国人都很传统，我们往往希望能够跟妻子白头到老，所以就用了

"老"这个字。

我最喜欢的是社会班。社会班由已经工作的社会人士组成,学生中有做国际投行的,有做国际贸易的,有政府要员,有律师,有医生……我问他们为何要学习中文?他们说因为感兴趣所以就学习了。是的,老外有时候非常单纯,他们没多少功利心,完全因为喜欢就去学习了。

因为他们是真心喜欢中国文化,所以大家很有共同语言,业余时间经常一起交流。其中,跟我交流最多的是在国际投行桑坦德(Santander)工作的桑切斯先生和在摩根士丹利工作的洛佩斯,他俩对中文和中国文化的痴迷程度明显超出了其他人,再加上我本身从事的是金融行业,所以我们仨非常有共同语言,业余时间我们经常一起娱乐、旅行。他俩拼命跟我套近乎,经常跟我探讨中国人的思维方式和行为习惯,以及如何跟中国人做生意等话题。一般国际投行的人士都非常现实,他们很有可能是为了搞定中国的投资者才对中文和中国文化如此痴迷,哈哈!不过,在我结束志愿者工作重返金融投资行业后,我也与桑切斯和洛佩斯合作,完成了几个比较大的跨境并购项目。

这样看来,3年志愿者的经历使我受益匪浅。我在这段经历中积累的人脉间接为以后的职业发展增加了助力。有时候想想人的一生非常奇妙,上天早已在冥冥之中给你安排好了在某个阶段、某段经历中遇见哪些人,经历哪些事情,让你们的人生轨迹有所交叉,从而成为非常好的朋友,然后共同成就一些事情……

老外学习汉语的搞笑事儿

教外国人学习汉语是件非常有趣的事,每次课堂上的欢声笑语能让你年轻10岁。

一般南美人在聊天时绝不问及私人问题,但并不表示他们对此不好奇。在练习汉语口语时,他们会借机打探对方隐私。下面是我的课堂上一位男生和一位女生的对话。

男生:"你多大了?"

女生:"20岁。"

男生:"你有男朋友吗?"

女生:"有。"

男生:"你有几个男朋友?"

女生:"一个。"

男生:"他帅不帅?"

女生:"当然很帅。"

男生:"他是干什么的?"

"你像警察一样。"那女生改用西班牙语回答。

一个男生缺了几节课,汉语课上有点跟不上,在练习口语时,一个女生问他道:"你认识我的小狗吗?"

他答道:"我不认识你男朋友。"

那女孩一脸不高兴,说道:"你真没礼貌。"继而又问道:"你家有小狗吗?"

那男孩又答道:"我是小狗。"

大家都哈哈大笑……

有一次我讲到"热心",这个词对应的西班牙语是"Entusiasmo"(热心),英语中是"warm-hearted"(热心),当时我没想起这个西班牙词语,就脱口把字面意思"caliente(热)corazon(心)"说了出来,把我的学生们逗得哈哈大笑。后来每逢我要说"你这人真热心"时,都故意说成"Tu corazon es muy caliente"(你的心真热)。

这边的摩托车几乎全部产自中国。在基布多时,学生们都乐于骑摩托车来上课。一次,那个工程师学生一摘下安全帽便问我怎样用中文说"安全帽"?我顺便告诉他"安全帽"与"安全套"的区别,因为以前读大学时,我兼职教过外国学生汉语,他们对这两个词总是搞混。一次放学回家,路上碰到了那个工程师,说要载我一程,我说:"骑摩托车多危险啊!"他有意要显摆一下自己的汉语水平,只听他用清晰的中文答道:"没关系,我们可以戴安全套。"

课堂上,活宝们总是在中文上闹笑话,而我在西班牙语上也闹了不少笑话。"Que pena!"在西班牙语中是"真遗憾!"的意思,但我总是跟另外一个词搞混,总是说成"Que pene!"结果引起哄堂大笑。"pena"和"pene"只差一个字母,意思迥异,"pene"这个词实在不雅,我不便多讲。

在一次汉语测试中,"打电话"这个词对应的西班牙语是"llamar",但单独的"打"这个字对应的是"golpear"(殴打),有个活宝居然直接把"打电话"翻译成了"golpear telefono"(殴打电话),他还跟我说:"酸梨(宣立),你是不是把题给弄错了?一个人怎么可能殴打电话呢?"真是服了他了。而我也总在西班牙语上犯同样的错误,例如"vamos"这个词的意思是"我们走吧",跟其他动词合用,指"我们将要做什么事情"。每次学习完词汇该做练习时,我总是只说"vamos",那意思就是"我们走吧",然后学生们就故意问:"我们去哪里?"

学"饺子"这节课时,我告诫学生们一定要把"饺子"这个词记牢,因为以前有个外国学生到中国留学,她在自己国家学了一点儿汉语,在食物方面除了饺子别的什么也不知道,结果在中国留学的最初的日子里每次去餐馆吃饭,她除了会点饺子,别的什么也不会点,所以她吃了无数次的饺子。当时学生们听完这话哈哈大笑,谁也没放在心上。谁知最后还是被一个到上海留学的学生如法炮制了。他告诉我,多亏记住"饺子"这个词了,在刚到中国的日子里,在餐馆里吃饭,面对全是汉语的菜单,他无从下手,所以也点了无数次的饺子。就像我在哥伦比亚点了无数次的阿西亚科汤(Ajiaco,一种用鸡肉、土豆和玉米做成的汤,是哥伦比亚的经典招牌菜),直到现在,我身上还有一股鸡肉味。

记得我们刚开始学习英语时,一些同学觉得英语的发音比较难记,就在英语旁用汉语谐音标注出来,例如"guess该死""shit谁的""fly富来"等。现在这些外国学生学习汉语时也用西班牙语的谐音来标注,异曲同工。我告诉他们,可以直接从汉语拼音读出发音,但他们还是觉得用西班牙语谐音标注比较好。果然是生活在同一个地球上的人,连学习外语的方式都是相同的!

一次做练习,学生们要仿照例句来造句,例句为:你吃苹果还是香蕉?给出两个词"姐姐""妹妹"。一位学生居然如此造句:"你吃姐姐还是妹妹?"哈哈!每次课堂上都充满了欢声笑语……

北京炸酱面

中国是世界三大美食国度之一，中国美食在国际上颇受欢迎！

自从上次成功地教学生们做中国饭后，当地报纸采用头版对此事大张旗鼓地进行报道，一时间我成为方圆百里童叟皆知的"大厨师"。

在传播中国文化时，自然少不了宣传中国的美食文化。在课堂上，我经常为学生们讲述中国的美味佳肴，比如二龙戏珠的精巧别致，满汉全席的富丽堂皇，佛跳墙、麻婆豆腐的典故等。尤其是我播放了介绍中国饮食文化的视频后，学生们每节课都对我软磨硬泡，不停地游说道："吴大利亚，要说这饮食课可是最应该实践的，我们什么时候再实践一把？"

住在隔壁的那个美国小伙子早已成为我的中国饭的俘虏，什么姜汁菠菜、姜汁牛排、菠菜豆腐、炸油条、包子等，一个个都是重量级的"糖衣炮弹"。由于没有发酵粉，我蒸出来的馒头硬得简直像石头，但没关系，就算再不好吃，但在很少吃中国饭的他们看来也是很好吃的。后来，我在学校门口的周日跳蚤市场上碰到一个木制艺术品，酷似捣蒜用的蒜臼，就以约60元人民币的价格买了下来，放在厨房里用来捣蒜，学生们看见了说我挺有艺术情调的，我说那东西用来当艺术品太可惜了，"温饱问题"尚未解决，哪有心思搞艺术？当我把包得如同元宝似的小饺子拍成照片显摆给在其他国家工作的朋友看时，他却看到了旁边的蒜臼，朋友很惊讶地说我居然能搞到蒜臼，我实话实说那其实是个艺术品,我只是暂且用它来捣蒜,他感叹道,你可真讲究吃饭的艺术!

无论何时何地,我们都应该尊重我们的胃!

包包子时,我们什么东西都敢往馅儿里放,放过鸡蛋、白菜、洋葱、丝瓜、胡萝卜、肉、葱等,但不会出现武侠小说里描写的恐怖场景,吃着吃着就吃出个人的脚指甲来。炸油条时,往油条里放点葱,味道棒极了!我们什么都敢尝试,什么都敢做,天上飞的带翅膀的除了飞机,地上跑的两条腿的除了人,四条腿的除了板凳,我们都要尝试一下。

每当有人问我,"你喜欢哥伦比亚的饭吗?""你怎么不学做哥伦比亚饭?",或者"攻击"中国饮食文化时,我都会愤愤地想,孤陋寡闻的人啊,你哪里会知道中餐的美好啊!

每个星期六,我们的中国饭都会准时登场,随便搞上两个小菜,不加任何调料,隔壁的那个美国小伙子都会吃得很香。看到他那副吃相,还以为闹饥荒了。我故意破坏他的胃口,告诉他刚才做饭时我上完厕所忘了洗手了,他也全然不介意。有一次我做好了鱼,正要举筷去夹鱼肉时,突然看到一块鳞片正闪闪发亮,这才想起我做鱼时忘了刮去鱼鳞。我怎能让他觉察出我做饭是如此不专业呢?所以就让我的筷子快速拐了个弯,夹起了一块鸡肉,并对他说吃鱼对大脑好,他这几天用脑过度需要补一补,整条鱼都归他了,然后看着他欢天喜地地把整条鱼送下肚子,吃完还赞不绝口。他故意十分惊讶地问我:"你来哥伦比亚教中文前是不是米其林三星大厨?"我暗暗发笑,心想,还大厨呢,在国内我可从没下过厨房。经他这么一瞎吹,我开始飘飘然,读过我出版的《我心安然是幸福》的读者朋友们早已知道我这个人有点小自恋,此时早已飘到天上去了,不过我还是有自知之明的,在天空中飘上一小会儿后便会非常自觉地落到地上来。当然了,我的这种中国饭的交流方式,已使他坚定不移地认定他的下一个旅行目的地就是中国。

实际上，我的厨艺水平是在基布多教中文时突飞猛进的。当时闲着没事儿，每晚会收看一家美国电视台播放的学做中国饭的节目，看完后再进行实践。前几天，接到好友奇奇从英国打来的电话，他说海外生活的磨炼把他从一个连开水都没烧过的少爷变成了一个既会做各种面条，又会蒸馒头、包包子，还会做各种炒菜的高手，这让我佩服不已。

我知道大部分学生是真正对中国文化感兴趣的，但也有好事者，居然十分没礼貌地问我："你们中国人是不是吃狗肉？"虽然我知道极少数同胞的确吃狗肉，但我还是立刻否认，并解释说，某些地方个别人吃而已，不能代表大众。在哥伦比亚人和其他南美人及欧美人眼中，狗是人类的朋友，吃狗肉是非常残忍、不可理解的事情。实际上，我们绝大多数中国人也不吃狗肉，只是在某些地区，由于风俗习惯不同可能极少数人会吃狗肉而已。

还有一个学生问我："你们中国人是不是吃老鼠？"老天！我好像从没听说过周围的朋友谁吃老鼠，后来一个南方的留学生来我这里聚会时告诉我，以前在他的家乡的确有人吃竹鼠（长得像老鼠），但那竹鼠是专门饲养的。一个女生十分幼稚地问我："中国有没有汤？"我的天啊！这种问题还用问吗，有着几千年饮食文化的中国怎会没有汤？"当然有了！而且我们的汤五花八门，不仅味道好极了，还非常有营养。"她继续说道："我爸爸去中国出差，在餐馆吃饭时就没有汤。" 我回答道："那是因为你爸爸没有点汤啊。"天底下哪有免费的鲜汤啊？！还有人问我："中国人是不是很能吃？"我说："我们只不过在招待客人时要多准备一些饭菜来表示主人的好客、热情，表达对客人的欢迎和尊重，怎么会被误解为中国人很能吃啊？"不过这也难怪，哥伦比亚人招待客人比较简单，通常是咸米饭加一只鸡腿再加一些生菜，或是煮一碗面条，上面浇上一点儿肉末儿。还有一个女生居然问我："你们中国人是不是吃猴脑？"我答道："那根本就不是猴脑，而是一道菜叫红烧猴头，但实际材料是猴头菇——一种菌类食物，由于形状很像猴头，所以就起了这个名字。翻译在翻译菜名时没有处理好，直译了过来，所以你们误认为是猴脑。"不知这种用纸包火的方式能否使他们信服（我知道的确有人很残忍地吃猴脑）。我又反问她："你们哥伦比亚有这么多暴力事件，是否意味着所有人都是罪犯？再说了，少数永远无法代表多数，我倒觉得大部分哥伦比亚人是非常友好的。"我的这些话使她无言以对。听同校的一个当地老师说，在哥伦比亚南部的村子里，有人吃一种山鼠，但我绝对不会问他们这种很令人尴尬的问题。

我说："你们该去旅行了！"

学生们异口同声惊讶地问："为什么？"

我说："因为旅行能够让你们开阔眼界，能够让你们用不一样的眼光、从不同的角度去解读这个世界，去理解不同的异域文化，让你们的视野和心胸越来越宽广。毕竟这个世界上有些人的主食是炸香蕉、土豆和玉米，还有些人的主食是米饭和面条，一个人眼中的不可接受，在另外一个人眼中却是天经地义的。不同国家的文化和风俗没有天然的或者绝对的正确与错误之分，当你见识越多时，你越能接受别人不同的三观及其衍生出来的不同的思维方式！"

……

在他们这种问题的攻击下，我想我以后要变成素食主义者了。汉语学得最好的一个学生还算有礼貌，他拐弯抹角地问我："你们中国人吃什么肉？"实际上，他想问我中国人是否吃狗肉之类的东西，但又不方便直截了当地问。我告诉他："你在哥伦比亚见到的肉或蔬菜，我们中国全有，但我们中国有的肉类和蔬菜，哥伦比亚却不一定有。"还有个学生居然问我："中国人吃饭是不是会发出很响的声音？"我反驳他道："不同国家有着不同的文化背景，不仅在中国，在整个亚洲，由于食物与西餐的食物不同，吃饭时普遍会有点声音，例如在吃面条时。但这在亚洲国家很正常，并不是像你说的那种很响的声音，很多人吃饭就一点声音都没有。而在日本，请客人到家里吃面条时，如果客人吃的时候没有声音或者声音很小，主人就会不高兴，在主人看来，客人是觉得面条不好吃，不给主人面子。"这群学生，没事儿就该多研究研究其他国家的习俗文化，别总跟我瞎抬杠！

我们之所以要走遍万水千山，是因为当我们经历过很多人、物和事，见识过不同的异域文化之后，我们自然会站在多个角度去换位思考，中立、包容地看问题，我们的心胸自然会变得十分宽广，内心会变得越来越强大。旅行不仅仅是对外部世界的观察，更是对内的反省，用异域文化去审视自身文化中很多该反省的东西。也许这就是旅行的意义所在！而没有去过任何地方就妄下结论的行为是让人反感的，人需要走出去开阔眼界。

够了，够了，是时候了，我再也不能对这种吃饭的"大事儿"视而不见了。我心里暗暗地想，等着吧，看我怎么好好收拾你们一下，非让你们吃饭时发出响声不可。最后，我告诉大家，请大家吃炸酱面。学生们高兴得手舞足蹈，我心里暗暗得意，好戏就要上演了。

一个周末，学生们来我家里一起做炸酱面。我先和面，然后扯面。由于哥伦比亚的面跟中国的一点都不一样，根本不经扯，我只得耐着性子，将一团一团的面搓成蚯蚓状，然后干脆美其名曰"蚯蚓面"，学生们问我是什么意思，我笑而不答，只说你们记着中文名字就行了。最后，搓累了，我索性掐上一块面，随便捏成一个小片，形状像意大利，然后再一捏，又捏成了美国，学生们兴高采烈，纷纷加入捏地图的队伍中。最后，蚯蚓面连同各国地图面一同下锅了。

开饭了，我说道："大家一定要尽快吃，谁吃到最后谁刷碗。"男生们狼吞虎咽，呼噜呼噜地吃了起来，女生们娇滴滴地埋怨："你们太没绅士风度了。"现在大家该明白我为何请他们吃炸酱面了吧，因为吃炸酱面是最容易有

给生命加点料
从安第斯山脉到亚马孙森林

▲ 我与学生们

响声的。一些学生嘴上吃得油乎乎的，昔日的绅士、淑女已消失得无影无踪。有几个男生吃面发出的声音很响，我故意提醒他们："小心，吃饭时不能发出响声的。"他们十分尴尬地答道："因为太香了，没有办法。"一个女生跟我说："老师，男生都变成猪了。"话音刚落，她便打了一个很响的饱嗝，给本已尴尬的场面增彩不少，搞得大家捧腹大笑。我说："这就是不同文化背景下的现象，我们应该互相理解和尊重。"这真是一堂十分成功的实践课！后来上课，再也没人问我中国人吃饭是否有响声这个无聊问题了。

我跟他们开玩笑说："你们知道刚才用来做炸酱的肉是什么肉吗？"

"是猪肉啊。"学生们说。

"不对，是老鼠肉，你们不是经常在课堂上嚷着吃老鼠吗？"我说。

他们顿时大惊失色……

我接着说:"开玩笑了。"

想想十分可笑,就我那做面的水平,放在国内,绝对不会有人愿意尝一尝,但在这里却如此有市场,这让我的虚荣心得到了空前的满足。

到了期末考试,我教的3个班的笔试、口试全部结束。在口试结束时,我问一个学生:"还有什么要说的?"他答道:"吴大利亚,上次你上炸酱面课时,我生病缺席了,听说很好吃,很有意思,你什么时候给我补补这节课啊?"

唐装模特儿

哥伦比亚黄金博物馆,世界知名景点,是所有到访波哥大的游客必去的游览之地。

印加人在1000年前便开始开采黄金,印加帝国是历史上的"黄金国"。16世纪30年代,凶残的西班牙殖民者诱捕了印加帝国国王——阿塔瓦尔帕,索要了大量黄金后背信弃义将其杀害。自此,西班牙殖民者疯狂地摧残印加文化,凶残地屠杀印第安人,贪婪地抢夺他们的黄金。后来,印第安人将各种黄金器物或埋在地下或藏在深山老林之中才得以躲过劫难。随后的几百年里,这些器物被考古学家们一一挖掘出来。1968年,哥伦比亚将这些精雕细琢的黄金器物收集起来,建成了黄金博物馆。然而,就在这个世界级的著名景点,我做了一次地地道道的"模特儿"。

来哥伦比亚之前,我早已听说黄金博物馆是如何奢华,所以到了哥伦比亚后的头等大事就是参观黄金博物馆了。然而来到波哥大之后,我发现我工作的大学就在黄金博物馆附近,而且我住的地方就在它的旁边,总觉着黄金博物馆近在咫尺,去参观的机会一大把,所以我竟一点也不着急了。平时我忙于工作没时间过去参观,好在这次终于盼来了哥伦比亚的圣周长假。我想这次无论如何都要去黄金博物馆参观一下,因为机会总是在自己觉得还有很多的心态下丧失的。

一个阳光明媚的早上，吃过早饭后我便出发了。3分钟之后，我就已经站在黄金博物馆的门口了。门前排着很长的队，我想等会儿开门了队就会变短，所以打算先去旁边的工艺市场逛逛。黄金博物馆斜对面就有一个工艺品市场，那里出售琳琅满目的手工艺品，包括黄金制品和质量上乘的绿宝石。虽是节假日，整个市场却冷冷清清，门可罗雀。喜欢这儿瞧瞧那儿逛逛，并热衷于说西班牙语的我，怎能放弃和小贩们讨价还价这练习西班牙语的大好机会。可能是哥伦比亚的经济不景气，也可能是游客实在太少了，或者是这些小贩也不知道杀价是我的一大专长，再加上我是抱着练习口语的态度，买不买没太大关系，最后每件工艺品都以三分之一的价格成交。

如果说位于我工作的罗萨里奥大学门前广场上的周日跳蚤市场只卖些较为精致的手工艺品和纪念品而没有任何特别之处的话，那么位于黄金博物馆和我家之间的跳蚤市场就十分有趣。它除了出售少量的手工艺品，最吸引人眼球的是那些五花八门的东西，例如掉了后跟的鞋、断了弦的吉他、四肢不全的洋娃娃、老掉牙并掉了很多键的打字机、只剩下一只的旧拖鞋、破烂不堪的书籍、掉了拉锁的钱包等，十分有趣，我真怀疑有人会买这些东西。我想这可能是哥伦比亚人会享受生活的一种表现吧，也许他们根本就没打算把这些东西卖出去，只是把这当成一种消遣的方式。逛市场的人乐此不疲，摊主们也优哉游哉。

跳蚤市场的旁边有一条人工小溪，一个乞丐，也许叫流浪者会更合适，正在众目睽睽下洗澡，边洗边愉快地引吭高歌，显得十分快乐，引来众人驻足观看。哥伦比亚的乞丐很有意思，他们经常会在人工小溪里洗洗脸、洗洗头、洗洗脚什么的，很注意个人卫生。

我折回去，快到7号大街的路口时，看到3个把脸涂得五颜六色的印第安人正在演奏他们的传统乐器，音乐很好听。

◀ 工艺品市场

◀ 街头演奏印第安音乐的印第安人

◀ 打扮成机器人的乞讨者

7号大街上的行乞者很特别,也许他们不应该被叫作乞丐,因为他们不会像一般的乞丐那样伸出手让行人给点儿东西,他们把自己打扮成小丑的模样,或是把全身涂成银色,打扮成机器人的模样并做一些机械动作,或是打扮成一动也不动的雕塑。我刚开始真以为是雕塑,直到看见一个小孩儿刚把钱放到他的钱罐儿里,那个雕塑就点头表示感谢。为了乞讨,他们也挺辛苦的。

我又转回黄金博物馆的门口,此时博物馆已经开放了,但我的判断失误了,队伍比以前排得更长更拥挤了,拐了几道弯并一直延伸到了我们学校旁边的快速公交车站。这与平时哥伦比亚大街上稀疏的两三个人截然相反,而且让人意想不到的是只有4000多万人口的哥伦比亚居然也有如此"人口众多"的时候。我突然想起现在是圣周全国长假,旅游景点全免费,人自然会很多,所以队伍如同蠕动的蜗牛一样缓慢地向前移动。由于我不是十分确信今天免门票,万一费了半天工夫排到门前被告知需要门票,岂不是很糟糕,于是我便问前面的女士,是否需要买门票,在哪里买门票?她支吾了半天,我也没听明白,跟她一起的另外一个女士直接告诉我不需要门票。第一个女士也真是的,直接告诉我不需要门票不就完事了,又省时又省力。有时候觉得跟哥伦比亚人打交道十分费劲。一次,我在学校五楼的餐馆吃中餐,需要付1.1万比索,我给了收银员2.1万比索,她十分惊讶地看着我并说道:"是1.1万比索,这个2万的就足够了,不需要另外的1000比索。"我说:"我之所以又给你1000比索,那是因为我想让你给我找回1万整比索,而不是9000比索的零钱。"但她算了老半天,死活也理不出个头绪来,还是觉得她的老办法比较保险,先把1000比索还给我,又找给我9000比索的零钱。她虽然卖着中餐,思维却还没有与中国接轨。

我夹在拥挤的队伍中,耐着性子慢慢往前移动,周围基本上是叽叽喳喳、打打闹闹的小学生们,南美人尤其是小孩子,喜欢在公共场合大吵大闹。他们叽叽喳喳也就算了,居然很淘气地打水仗,溅了大家一身水。我不喜欢吵闹,

给生命加点料
从安第斯山脉到
亚马孙森林

只喜欢安静，真想立刻回家坐在屋里好好安静一下，但又不忍心前功尽弃，只好随着队伍慢慢往前移动。突然，我大脑里冒出一个奇怪的想法，如果我抬起双脚被人群夹着往前走的话，岂不是很搞笑？后来，来了5个10岁左右的小孩儿在队伍前面耍杂技，他们耍得非常好，给大家带来了欢乐。

终于进了黄金博物馆大厅，我一眼就看到了伸着手臂对世界各地的拜访者表示欢迎的尼乌尔特的塑像。尼乌尔特全身金光灿灿，他是印第安人传说中主宰金银、舟楫和树木之神。一楼大厅多少让我感到震惊，刚才排队时人挤人像下饺子，现在是熬小米粥，万头攒动。不过，我毕竟来自中国，这种场面很快就适应了。我决定先上三楼，按逆序参观。我的这一高招儿很快就见效了，三楼的人少了很多。

徜徉在黄金博物馆不同的展厅中，感觉像进了金碧辉煌的宫殿。各类黄金制品金光灿灿、精巧别致，可以看出古代印第安人在黄金冶炼、铸造等方面的精湛技艺。黄金制品中有锅、碗、瓢、盆等生活用品，有镰刀、斧头等生产工具，有金簪、项链、手镯等装饰品，还有壶、碟、香炉等宗教用品。这些制品上都刻有动物图案，其中蟾蜍的图案最多。另外还有形态各异、生动逼真的蟾蜍黄金制品，蟾蜍在印第安文化中是智慧的象征。各色制品的制作工艺可以说是巧夺天工。

▲ 黄金面具

其中镇馆之宝是那艘制作精美的无价之宝——黄金船，它的背后有一个美丽的故事。传说当年，奇布卡族首领全身涂上金粉，带着各类黄金祭品乘坐这种"黄金船"去神圣的瓜达维达湖朝拜神灵，然后把

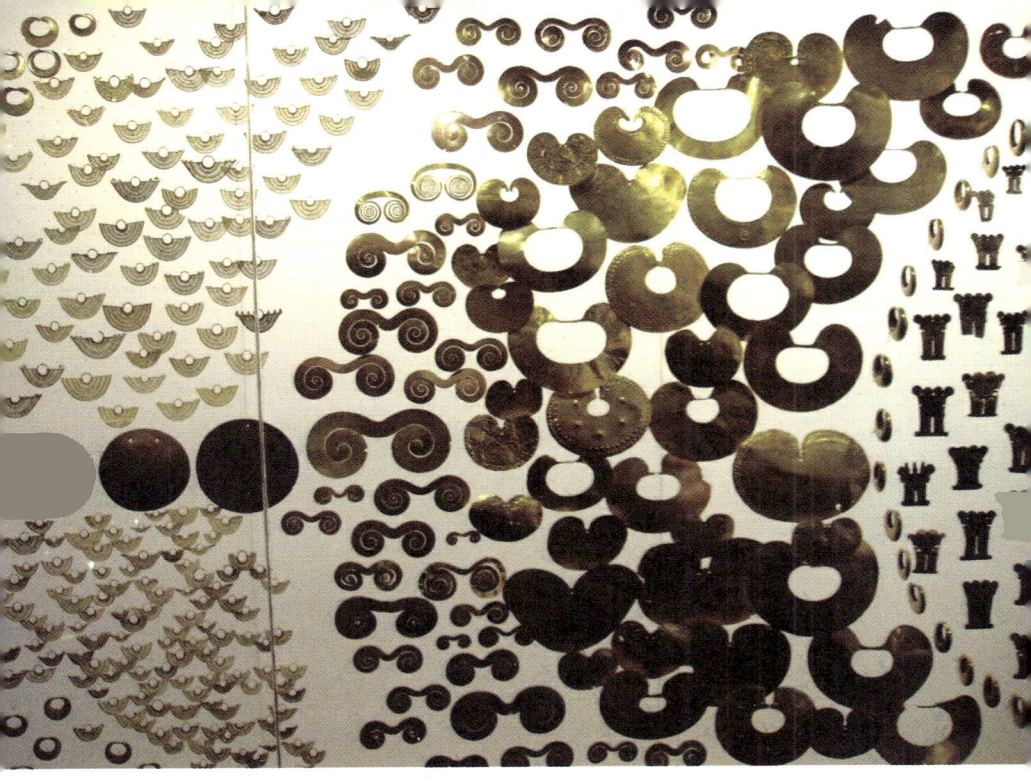

▲ 黄金密室

全身的金粉洗落在湖中,并把黄金祭品投进湖里,朝拜的印第安人也会将全身的黄金饰品纷纷投进湖里,久而久之,整个湖中堆满了许多黄金。这个传说给奇布卡人带来了灭顶之灾:西班牙殖民者不仅将奇布卡人的黄金洗劫一空,还挖开平民百姓的坟墓,盗走随葬黄金制品,他们还将瓜达维达湖翻了个"底儿朝天",将沉在湖底的黄金也"一网打尽"。以至于现在黄金博物馆里的各种金器都蒙上了一层阴沉的色调,仿佛在控诉几个世纪前野蛮的西班牙强盗对印第安人疯狂、残忍的烧杀抢掠行为。

在二层还有一个黄金密室,里面有12000多件黄金制品。进入黄金密室,漆黑一片,随着印第安音乐响起,灯光渐渐亮起,在灯光的照射下,玻璃墙里的各种黄金制品放射着奇光异彩。环顾四周,黄金制品琳琅满目,金光灿灿,让人感觉仿佛穿越了时空,置身于古印加黄金帝国里。

让我惊讶的是，我刚从密室里出来，一个哥伦比亚男人突然靠近我，并用中文对我说了声"你好"。听到有人用中文问候，我十分兴奋，终于遇到一个明事理的人了，居然一眼就能看出我是中国人。他要跟我合张影，我爽快地答应了。我问他是怎么一眼就看出我是中国人的，他说他以前有个中国朋友，眼睛看起来跟我的一样很友善，所以就断定我是中国人。真聪明！

博物馆里的参观者基本上是小学生，他们无论走到哪个展厅都叽叽喳喳，打打闹闹。圣周假期游览黄金博物馆的旅游者多来自哥伦比亚的五湖四海，其中有些人来自游击队的控制区，显然他们没见过中国人。不要说他们了，就是其他省会城市的人也很少见到中国人，所以那些小孩子十分好奇地盯着我看，那眼神好像在问，你是不是少林弟子？胆子大的人要和我一起拍照，拍完后还问我是否会武术等问题。我那天穿的是唐装，在人群中显得十分扎眼。有个10岁左右的小男孩突然跑到我跟前，瞪着双眼看着我，我跟他打招呼，他笑而不语，突然又跑开了。另外一个小男孩，站得远远地看着我，当我经过他身边时，他小声地说着"Hola"（你好）。有些人想跟我合影，又不敢上来问我，只是站在不远处怯怯地望着我，在他们看来，中国人个个身怀绝技，武艺超群，怎敢冒昧上前。还有个十一二岁的小学生，自己明明戴着手表还跑过来问我几点了，我笑了笑说："跟你的手表显示的时间一样。"他伸了伸舌头，并邀请我跟他合了一张影，原来醉翁之意不在酒。我终于明白他们为什么总喜欢聚在我附近拍照了，为的是让我出现在他们照片的背景上。有次我在超市买东西，一个8岁左右的小男孩一直跟着我，然后突然走到我跟前，睁着大大的眼睛问了我一连串的问题，"你叫什么名字？""你是中国人吗？""你为什么会说西班牙语？""你什么时候回中国？"我一一回答了他的问题，他才满意地跑开了。

当我走近那艘做工精细的黄金船时，一个初中生打扮的男孩朝他的同学们吆喝了一声，我还以为他吆喝他的同学们赶快来欣赏这个无价之宝，谁知他们把我围了起来，那个男生作为代表告诉我，他们是来自普图马州省（一个贩毒和绑架极其猖獗的省）一个小城的初中生，除了在电视上看过李连杰的功夫片外，在现实生活中从来没见过中国人，问我是否介意跟他拍张照留个影。"当然可以，没关系。"本着中国人善良的本性，我爽快地答应了，然后就和他站在一起拍了一张照。他的同学们岂肯善罢甘休，放弃这千载难逢的好机会，一个个也要跟我合影。然后，我就站在原地不动，以这艘制作精美的无价之宝黄金船为背景，拍了一张又一张。对他们来说，那天真是赚大了，同时拍下了黄金船和唐装模特儿两个大宝贝。幸好我那天穿得很光鲜。为了能拍出最佳状态，我始终保持微笑，因为我十分确信，他们回去后一定会把跟我合影的照片拿给他们的家人、亲戚、朋友，以及去他们家串门的邻居看，希望他们先把照片用美图秀秀一键美化一下。跟几十个初中生合完影，我感觉我的面部肌肉已经完全麻木了。旁边那些经过的成年人看着我们，个个都哈哈大笑，这让我感觉特别尴尬。博物馆管理员看我们影响了别人参观，就把那群初中生赶到了外面。

最后，我站累了，也笑累了，我不得不以去厕所为借口而逃走了。我在想，下次去偏远地区旅行时，就做一个跟我长得一模一样的塑料模特儿带上，一旦有人要跟我合影，就让他跟模特儿合影，这样不影响我旅行。后来，我把这事儿讲给学生们听，他们埋怨我太没经济头脑了，他们开玩笑说在当时那种情况下我应该向每位跟我合影的人收取费用的。

实际上，之前在基布多工作时，这种事情也经常发生，但规模远不及这次大。那时，我租住在一家酒店里，那里经常有来自哥伦比亚全国各地的客人，有些也是来自比较偏远的省份，也是第一次见到中国人，也会要求我跟他们一起拍照，而且，我们都正好是在餐厅吃午饭的时候遇到的，所以，有时候我的一顿午饭要吃上很久。警察先生们在那个酒店聚会，也拉我一起合照，我很乐意跟警察先生们合影，因为他们是安全卫士。在基布多工作时，我的魅力无形中提升了不少。在学校里我也跟所有的学生一一合影。有一次，我去一个学生的妈妈工作的小学参观，那场面跟倪萍主演的《美丽的大脚》十分相似。那时，我对合影已经很厌倦了，就只跟他们拍了集体照，跟校长单独合影，最后校长给了我3根香蕉作为礼物，这是一种友好的表示。在他们看来，跟一个中国人合影是件多么有趣的事情。不管怎样，我都尽量配合，让他们能够享受这小小的乐趣。

后来，我也经常找有特色的当地人拍照，例如警察和军人。

看到哥伦比亚的黄金博物馆，就让人想起了中国的秦始皇兵马俑博物馆。但从艺术价值和制作工艺上来看，黄金博物馆的黄金制品与兵马俑相比还是有一定差距的，尤其是秦始皇的铜马车的做工要比他们的镇馆之宝黄金船精巧很多，而且远远早于黄金船的制作年代。

我曾带美国的非洲裔律师朋友参观故宫、长城，当我十分骄傲地向他介绍中国的历史后，他当即就跟我说："我很嫉妒你。""为什么？"我十分惊讶地问道。"你可以十分骄傲地向外国友人讲述你们中国悠久的历史及博大的文化，可我们的历史不是被贩卖、奴役就是被杀戮。"那位非洲裔律师朋友早早就实现了财务自由，有着良好的社会地位，但他的内心深处始终隐藏着无法抹去的悲痛。从他的话里，我深深感到作为一个中国人是多么值得骄傲的事情。

实际上，我最早当陪照模特儿的经历就发生在故宫，当时我在中国政法大学读书，学校跟澳大利亚的一所大学搞交流活动时，我曾带澳大利亚学生参观故宫。他们上完厕所后向我抱怨厕所的环境太糟糕，没有手纸。我随口告诉他们那是明代的文物，他们听后惊讶万分，在中国的明代居然就有如此先进的厕所，然后他们拉着我进厕所里拍了集体合影。

午夜电话

自从来到哥伦比亚后，我总觉得没好好睡过觉。

以前在基布多做志愿者时我租住在一家酒店里，基布多的节日特别多，用一个学生的话来说就是基布多天天是节日。我注意到系主任的时间表，他早上10点上班，12点下班回家吃午饭，下午3点上班，5点就下班了。可不，每天工作4小时，天天跟休假一样，其他员工稍微勤奋一些，一天工作6个小时。而且，我注意到大部分星期一都是节假日。对一般人来说节假日不用工作应该是件美事，然而对于我来说，那简直是在受罪。每逢节日晚上，他们经常在我住的酒店里大办舞会，每个人都像发疯了一般，载歌载舞。他们跳那种当地十分流行的"雷鬼舞"（Reggaeton），那是一种快乐的舞蹈，一男一女对跳，动作十分性感，让在东方文化下成长的我觉得无法直视。这种舞蹈在家里跳跳还可以，但难登大雅之堂，然而，他们居然在大学校园这样的公共场合跳，一点儿也不顾及形象，而且围观的学生们还会狂热地鼓掌助兴。

开舞会时，他们彻夜不休息，音乐声震耳欲聋。他们绝对不会考虑别人是否睡觉，只要自己快乐就行。我真佩服他们能够彻夜不休息，而且泡在高分贝的噪声中，他们好像有着使不完的劲。哥伦比亚人对足球十分狂热，电视里几乎每个星期都有足球比赛，这是他们最激动最振奋的时刻。酒店往往会在门前的空地上支起大屏幕，众人聚在一起看。为足球而疯狂的球迷们热烈地敲锣打鼓，那气氛跟看现场没什么两样。而此时此刻我已经躺在床上准备休息了，我的床、桌子、所有物品，包括整个房间都随着他们的锣鼓声一颤一颤的。对我来说，那震耳欲聋的击鼓声仿佛是直接撞击我的房门一样。

　　实际上，整个基布多都陷入了噪声中。他们特别喜欢把那种大音箱放在自家的门前或是二楼的阳台上，放着震耳欲聋的音乐，似乎想制造特别的音响效果。酒店的对面是警察局，他们在门口放上两个大音箱，音乐声震耳欲聋。值得一提的是，那些音箱是中国制造的。作为回应，我从酒店借来两个大音箱，放在对着警察局的阳台上，把《红梅赞》等歌曲或京剧名段放个响彻云霄。平时坐公交车时，车上的音乐开得巨响。这里的人不管走路还是工作节奏都很慢，但公交车却开得飞快。人刚一上车，还未站稳，车就像炮弹一样飞了出去，那些公交车到处乱窜，简直像疯狂的老鼠一般，怪不得哥伦比亚的车祸

▼ 每天乘坐这样的巴士去上课，十分拉风

特别多。售票员根本没有一点安全意识，为了招揽生意，站在狂奔的公交车门口，或像一件衣服一样把身子挂在车身外，大声吆喝着揽客。

后来，到波哥大做志愿者，我想又文明又有修养的大都市人该不会制造噪声了吧，然而我又错了。

我记得当时刚从国内休完假返回波哥大正在倒时差，十分辛苦，结果有件事儿使我脆弱的神经雪上加霜。每晚睡到深夜，我都会突然听到隔壁那个印度女邻居大声乱叫。有时，他们会大吵一通，那个50多岁的德国男人十分没风度地骂他那30多岁的印度小娇妻是蠢女人、笨猪等十分不堪入耳的话，他们吵架的时间几乎都是半夜12点。那女人也不甘示弱，冲着对方狂吼几声。感情不和就离了算了，哥伦比亚的帅哥那么多，然而白天我分明看到他俩好得跟初恋情人一样，一分钟也不肯分开，如胶似漆，两人手拉手一同去学校，一同去超市。

我本打算把我那全身都是文身、剃了一个大光头并强壮如牛的学生叫来吓唬他们一通，后来一想，杀鸡用不着宰牛刀，我还是亲自出马吧。终于有一天晚上，我忍无可忍，从床上爬起来换上衣服走到他们的房门前，把他们的房门敲得咚咚响，并把我的拳头在他们面前晃了晃，厉声道："你们是不是想试试中国功夫？"他们神色骤变，连忙道歉。从此以后，我过了两个月风平浪静的生活。

但是，一波刚平一波又起，那就是来自国内朋友们的电话总是在半夜里响起。以前在基布多时，由于电话线路有问题，再加上酒店那仅有的一部总机十分繁忙，我的"哈尼"（Honey亲爱的）朋友们没法骚扰我，现在可是易如反掌，他们好像要把以前的损失统统补回来似的。虽然大家都有各种网上聊天工具，但是电子邮件或者网上聊天哪有打电话直接与亲切、过瘾与痛快。那时没有微信，就算有，我晚上睡觉也是要关机的。

在国内时，一群"狐朋狗友"整天泡在一起，一周至少聚一次，诉说一下衷肠、唱唱卡拉OK什么的。然而一旦分开了，心里难免觉得空空的，总觉得少了点儿什么，不免多了一份思念和牵挂。同时，频繁通电话也让我体会到了什么才是真正的友情。人啊，总是在拥有时不知道珍惜，失去了才知道后悔。

哥伦比亚跟中国相差13个小时，所以，很多次我的座机都会在不同时间段响起。

▲ 宁静而朴素的小巷

　　"吴大利亚，一个人在哥伦比亚多没劲啊！什么时候回来帮帮我啊？帮我多留意南美的金矿、锂矿啊，我打算收购点那边的优质金矿。"是费奇（没错，就是我的《我心安然是幸福》那本书中提到的费奇，那时他还是个意气风发的青年）。他早上6点就打过来了，我早上9点50才起床。

　　"吴大利亚，今天是我生日，挺想你的。你的学生有没有欺负你啊？回国时顺便来英国，所有费用包在我身上。"是在英国的奇奇，晚上12点打来的，我从梦中惊醒。奇奇特别绅士，为了不影响我睡觉，硬撑到英国时间凌晨、这边的晚上10点打给我，但他算错了时差。

"……等等，再啰唆一句，出门旅行时一定要穿那件印有李连杰头像的功夫衫，以防万一。"是小鱼儿。白天给我打过两次电话，我都不在，只好半夜逮我了。

"吴大利亚，你现在不在这里了，我都快乐不起来了，好想你啊！好想念你做的大盘鸡，好怀念我们一起吃烧鹅的日子啊！"是查理，凌晨1点打来的。

"很久没你的消息了，是忙着教汉语还是忙着写文章啊？怎么没见你把我写进你的文章啊？真没良心啊！你去哥伦比亚后，我可是天天关注哥伦比亚的新闻，今天又在电视上看到游击队与政府军开火了，市民们又游行示威了。5月28日总统选举，千万别去凑热闹，好好待在家里，晚上6点后可千万别出门，出去旅行时一定要找个伴儿。顺便提一下，我升职了。"是楂楂，早上5点打来的。

"哥伦比亚火山爆发了，街头又有爆炸了，又有绑架了，你那里没什么事儿吧？"是赵阿姨。赵阿姨打的时间最合适，晚上10点，姜还是老的辣。

……

不论是谁打来的电话，我都会从午夜梦回里慢慢地清醒，然后再慢慢地兴奋起来。我就在朋友们鸡毛蒜皮的唠叨中，幸福地享受着一份份挂念和关爱。每次接完电话，我的内心都会如同狂涛巨浪般难以平静，或是兴奋地反复回忆跟朋友们通电话时所交谈的内容而无法自拔，或是为朋友们所取得的成绩而振奋不已，或是被朋友们真诚的关心和挂念而感动得落泪。每次接完电话，我都会激动得彻夜难眠，而这种振奋的心情至少要持续一个星期，以至于来到哥伦比亚后，我的心情几乎天天都处于亢奋之中。虽然休息不好，但依然精神抖擞。

在人情淡薄、世态炎凉的今天，这些朋友对我来说无疑是一笔难得的财富，我会永远珍惜这一份份珍贵的友情。

现在，我接听电话时的第一句问候语根本无须用西班牙语，直接说"你好"即可。休息不好没关系，人家惦念你才给你打电话啊，友情无价啊！这一份份亲情般的友情就是无价之宝，一直陪伴着我度过了在哥伦比亚的日日夜夜。

刚过完圣周长假，出去旅行的各国邻居们都回来了。右边那个回了老家的德国老头儿已经一周没见到他那印度小娇妻了，左边那个美国小伙儿的女朋友也来找他了，我们这个好不容易寂静了一周的大院子顿时热闹非凡。小别胜新婚，年轻男女们在院子里追逐着、嬉闹着。上点儿年纪的聚在一起高谈阔论着下个月的选举，仿佛个个都要去竞选总统似的。随后，左边播放起劲爆的欧美摇滚音乐，右边播放起听起来很不习惯的印度音乐，前边在播放公寓管理员喜欢的狂热的南美风情音乐，这些声音全都交织在一起，我就被他们夹在中间。我看到公寓管理员站在屋前的空地上，随着音乐旁若无人地扭动着腰肢。除此之外，我们院子的隔壁就是音乐学院，很多学生不分昼夜地吹拉弹唱，闹得我咬牙切齿。

我索性把国粹京剧放了个锣鼓喧天，大家都别混了。

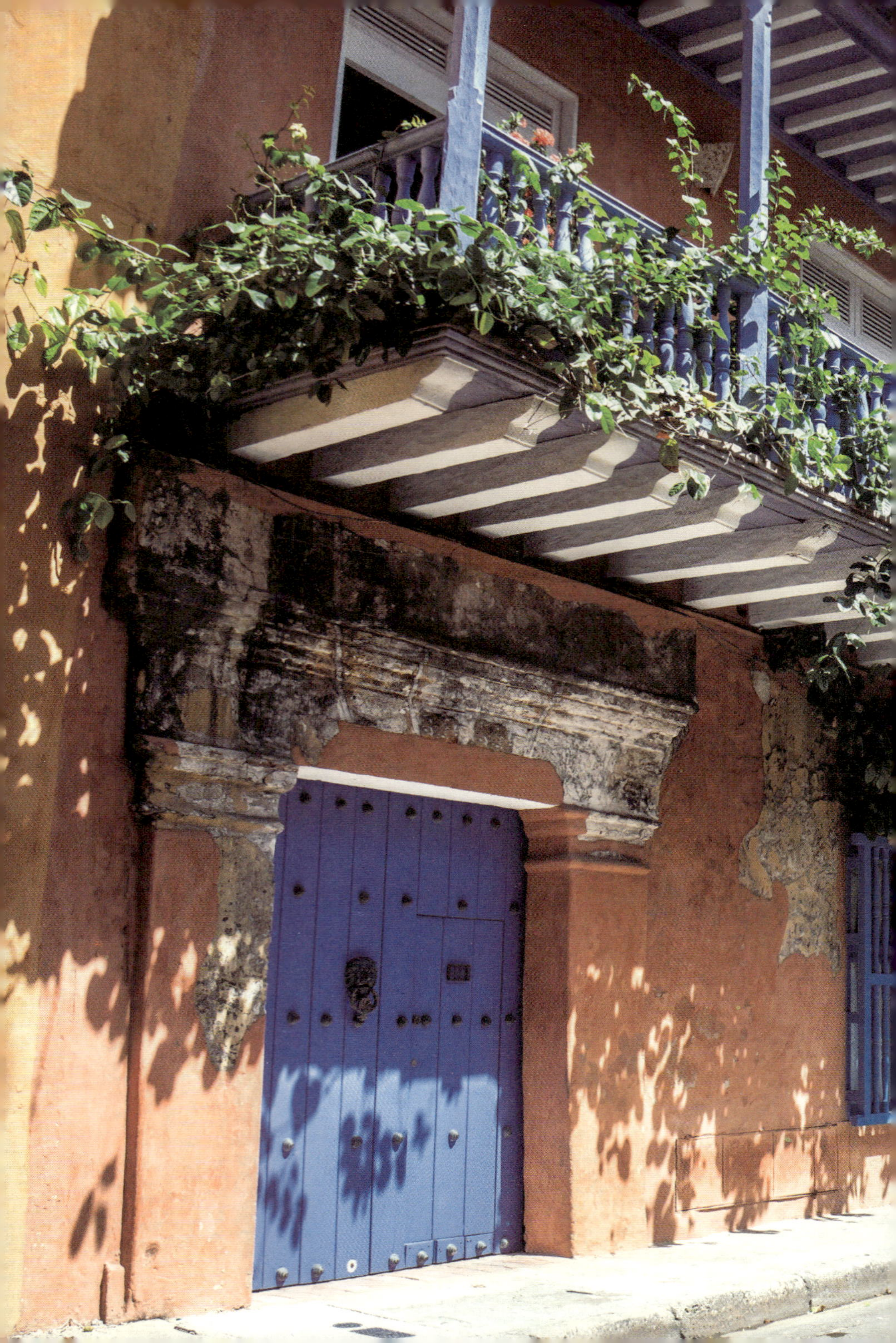

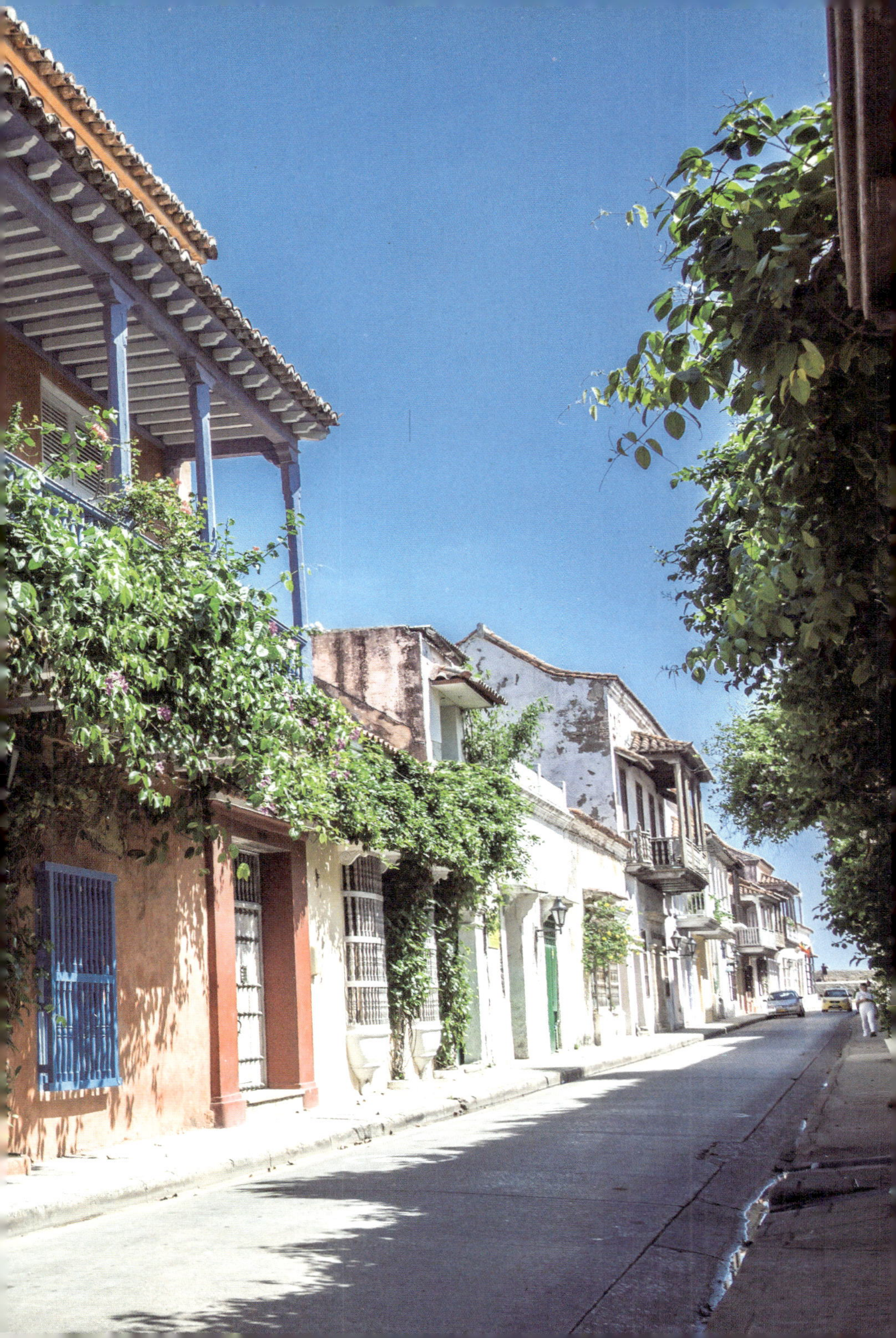

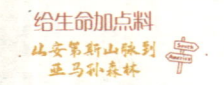

我的个人演唱会

教授汉语，传播中国文化，教金发碧眼的学生们学唱汉语歌曲自然是不可缺少的项目。

我小时候很喜欢唱歌，也曾梦想着成为一位歌唱家，但我的成长环境中缺乏音乐土壤，以至于这个年少时的梦想最终没能实现……

但没关系，我可以在传播中国文化的同时，顺便实现自己年少时的梦想，那就是举办一场个人演唱会。

如果在国内开个人演唱会，那肯定是一张门票也卖不出去，就算免费赠送估计也很少有人来听，但在哥伦比亚开演唱会，完全不用担心门票能否卖得出去，以及粉丝多少的问题。

有个熟人听说我要办个人演唱会了，便在背后嘲笑我，说我太自恋了。对她的嘲笑我嗤之以鼻！

在乎别人的眼光、在乎闲言碎语而缩手缩脚的人是愚蠢之人，挖空心思讨别人欢心的人是小聪明之人，而讨好自己、讨自己欢心的人才是真正的大智慧之人。我向来信奉"要活出真实的自我，而不是别人眼中的我"……让我们一起做个大智慧的人吧！来一场讨好自己、让自己欢心的个人演唱会！

举办个人演唱会有三个好处：一是传播中国文化；二是亚马孙河发了大水，附近村庄受损严重，我们之前去亚马孙森林游玩时参观过的那所小学校也被冲垮了，我们可以借助这场演唱会进行募捐，然后捐赠给受灾学校；三是顺便实现我年少时的梦想。一举三得，何乐而不为呢？

当我把这个想法告诉学生们后，学生们纷纷积极响应，举办演唱会、学唱中文歌曲，那将是多么有趣的事情啊！

这场演唱会分为两个部分，上半场我将个人倾情演唱中国经典民歌及张学友的流行歌曲，下半场学生们唱中文歌，演唱会的主题是"东方之音"。学生们摩拳擦掌，热情高涨。他们积极学习中文歌曲，同时在学校里做宣传。

教他们唱歌是件很费力气的事，需要先给他们解释歌词大意，翻译起来相当费劲。他们认为中国歌曲写得很有内涵、很有意境，而且还可以学到很多中国文化。中国人往往有丰富的想象力和艺术创造力，例如《电台情歌》这首歌里有句歌词是"谁能够将天上月亮电源关掉？"，我跟他们解释，中国人与哥伦比亚人在恋爱方面是很不同的，中国人比较传统，谈恋爱时喜欢光线稍暗的角落，不太喜欢在大白天、在大庭广众之下狂吻，热恋的情人们自然想把天上月亮的电源关掉，所以我们把那种不识时务影响别人谈恋爱的人叫"电灯泡"。在这方面，他们哥伦比亚人才不在乎呢，在校园里或是教学楼里，经常可以看到"对火"的学生。更有甚者，站在热闹的大街上，不顾身后喇叭按得山响排着长队的汽车，像中了爱情毒药似的吻得天旋地转。在我的课堂上，他们问得最多并学得极快的短语就是"我爱你"。刚教过他们怎么说"我爱你"，还没下课，一位男生便急不可耐地对着手机向他女朋友大喊"我爱你"，而且发音非常标准。

我把歌词、拼音和西班牙语全部写在一起，这样他们学起歌来也方便些。他们怀着极大的热情投入反反复复的练习中，一个月后，大家终于可以登场演出了。我们的演唱会面对全校师生，学生们投入了前所未有的热情，积极报名参加，就连在课堂上从不爱说话的那位男生也在网上下载了一个软件，在那里咿咿呀呀地苦练着。学生们积极地在校园里为这次中文歌曲演唱会做着宣传，校方也为我们提供各种支持。

终于迎来了"东方之音"演唱会，能容纳几千人的会议报告厅里观众爆满，不仅有本校的师生，还有很多学生的家长也前来捧场，来得晚的只好坐在走廊的地上，但这丝毫不影响大家的热情。

我们从一位老华侨那里借来了各式中国传统服装和少数民族服装。这不仅是一场中文歌曲演唱会，还是一场中国服装秀表演。学生们一个个精神抖擞，摩拳擦掌，准备一展歌喉。

音乐伴奏本来打算从网上下载伴奏音乐，但考虑到用学生们自己的乐队进行现场演奏效果更佳、更有感染力，于是就用学生们自己的乐队。

那些歌星举办演唱会时都会邀请其他歌手朋友前来助阵，我也邀请了隔壁大学的林太太作为我的助阵嘉宾，在我中场休息时林太太好上场演唱一两首中文歌曲。林太太来自香港，在隔壁大学教中文，非常喜欢唱歌。她强烈建议我们合唱那首浪漫情歌《月亮代表我的心》作为开场歌曲。

实际上我一点也不想唱那首歌，因为那首歌不符合我的风格。如果那时有《海草舞》这首歌，我肯定会选择这首歌作为开场歌曲。我在台上唱着"海草、海草……"，林太太则扮演海草跳舞，然后调动全场师生，让他们都模仿海草跳舞，这样就能把整个现场气氛都调动起来……

"东方之音"——我的个人演唱会终于开场了……

登台前，林太太说为了把《月亮代表我的心》这首歌的意境惟妙惟肖地演绎出来，增加舞台效果，建议我们演唱到中间要深情对望。由于紧张，在演唱中我就只顾自己唱，全然不顾林太太频频对我发出"深情对望"的信号。由于排练期间学生乐队没有练习这首临时插进来的歌，所以这首歌播放的是从网上下载的伴奏，学生乐队没有现场演奏。音乐从远处的音箱传到我们耳朵里有延时，我们又都没戴耳返，最后我都唱完了才发现我唱的跟音乐伴奏根本不在一个节拍上！

开场第一首歌就这样唱砸了……呜呜！

砸了就砸了吧，反正又不是第一次了，登台当着几千人的面演唱，紧张是自然的。我在心里这样安慰自己……

第二首歌，西班牙语歌曲*Sol en la lluvia*（《风雨中的阳光》），学生乐队伴奏。现场的"歌迷们"对这首歌非常熟悉，它就是英文版的*Sunshine in the Rain*（《风雨中的阳光》），中文版的《日不落》。我需要唱一首他们熟悉的热歌来调动一下现场气氛，好让自己快速进入最佳状态。当熟悉的旋律响起时，"歌迷们"的热情被彻底点燃了，我也渐渐地进入了状态。我先用中文演唱了前半部分，当后半部分我用西班牙语演唱时，引发了现场大合唱。现场越来越有大歌星开演唱会的感觉了，美中不足的是一个学生伴舞时不小心被电线绊住摔了一跤……

接着我深情地演唱了《今天是你的生日，中国》，"东方之音"演唱会的当天正好是中国国庆节，十分应景。我的状态越来越好，接着我连续演唱了《我爱你中国》《我和我的祖国》《长城长》《高天上流云》《红梅赞》《家和万事兴》……

全场灯光熄灭，现场鸦雀无声，钢琴声起，灯光单独打在我一个人身上。

当《我爱你中国》的音乐响起时，我激动得热泪盈眶。当你置身于异国的星空下，才会真正理解"爱国"的含义，每个身在海外的中国人内心都深藏着对祖国的依恋和热爱，当优美熟悉的旋律响起时很自然地唤起了那种深藏在内心的情感……

"我爱你中国，我爱你春天蓬勃的秧苗，我爱你秋日金黄的硕果，我爱你青松气质，我爱你红梅品格……我爱你碧波滚滚的南海，我爱你白雪飘飘的北国……"

刚开始当众演唱时比较紧张，但渐入佳境后又很容易上瘾，当潮水般的掌声响起来时，那种感觉是无与伦比的……

林太太也感动得落了泪，几天后她也在她们学校举办了一场个人演唱会，并邀请我作为助阵嘉宾倾情演唱。林太太唱邓丽君的歌，我则唱民歌。

▲ 我倾情演唱《我爱你中国》

美好的时光总是过得飞快，该把麦克风交给学生们了……

在"东方之音"这场中文歌曲演唱会的下半场，学生们闹了很多只有我和林太太两个人知道的笑话，那简直就是搞笑专场。

一位男生和一位女生对唱《纤夫的爱》时，那位男生唱得很清晰，但那位女生由于发音不太准确，我分明听到她把"小妹妹我坐船头"唱成了"小妹妹我脚真臭"。一位女生把《香水有毒》中的"我曾爱上一个男人，他说我是世上最美丽的女人"唱成了"我曾爱上一个男人，他说我是世上最卖力的驴人"。还有位女生把《最浪漫的事》中的"我能想到最浪漫的事，就是和你一起慢慢变老"唱成了"我能想到最浪漫的事，就是和你一起卖卖电脑"。有位对中国万分迷恋的小伙儿演唱了《中国人》，试想，一个金发碧眼的老外，拿着麦克风，精神抖擞、激情高昂地唱着"黄色的脸黑色的眼不变是笑容……手牵着手不分你我昂首向前走，让世界知道我们都是中国人"，是不是很酷、很让人感动？

一位音乐专业的女生十分喜爱中国琵琶，在中国旅行时专门买了琵琶和演出服。可惜我不会弹，没法教她，但她无论如何也不肯放弃这千载难逢的好机会，说什么也要表现一下。于是，我们播放琵琶乐，她身着演出服，坐在舞台上假装弹琵琶。她居然表演得十分生动逼真，丝毫看不出破绽，博得了阵阵掌声。

还有一位男生把《两只蝴蝶》中的"亲爱的，你慢慢飞，小心前面带刺的玫瑰"唱成了"亲爱的，你慢慢飞，小心袋子和卖拐"。我十分确定，这位男生绝对没有看过小品《卖拐》。

此时，林太太忍不住哈哈大笑，我赶快示意她不要笑，我们是绝对不能笑的，如果让学生们觉察到他们唱得有问题，会打击他们的信心。最后，我实在憋不住了，一个人跑到厕所里大笑了一场，笑得我直不起腰来。好歹只有我们两人知道，其他人都是凑凑热闹，只要学生们热情高涨，舞台表现很成功就可以了。

总体上，学生们的表现非常突出，曲调都唱得非常准。学生们很有创意，一位男生唱到《浪花一朵朵》中的"那个时候我也已经是个糟老头儿"时还故意作老头状，咳嗽了两声，逗得大家哈哈大笑。一位男生唱小虎队的《星星的约会》时，其他同学给他伴拉丁舞，中西合璧，别有一番风味。

"东方之音"演唱会相当成功，我们募集到了1620万比索，相当于6万多元人民币，全部捐赠给了亚马孙森林的灾区。钱虽然不多，但大家为灾区学校的再建贡献了自己的一份薄力！

我们往往无法去做伟大的事情，但我们可以用一颗真诚的心去做一些力所能及的有意义的小事！

南美的中国饺子店

来哥伦比亚工作最大的收获就是认识了贵宝锣这个对中国文化极其痴迷的葡萄牙人,他是我的学生,也是我在波哥大最好的朋友,而何塞则是我在基布多最好的朋友。

贵宝锣有着青春偶像剧中完美男人的一切优点。他年轻英俊,而且富有,已经35岁了,还是光棍儿一条,是女孩眼中名副其实的"钻石王老八",比"钻石王老五"还钻石了三分。

贵宝锣的理想老婆是一位绾着一头黑发,身穿紧身大红旗袍,有着完美的腰部曲线,温柔贤淑,并能做一手好菜的中国美女,而且一进家门便摘下发簪,甩出一头乌黑发亮的秀发。贵宝锣说这话的时候,一脸的憧憬,眉宇之间洋溢着幸福,仿佛已经娶得美人归,而这个身着大红旗袍的中国美女正站在他跟前甩头发。

我跟他说:"中国女孩可不是天天穿旗袍的,只在特殊场合穿一下。"这句话丝毫不会使他受挫,他接着说:"那我就让她天天穿给我看。"

一天,他无意中看到我电脑里穿着旗袍的我表妹的玉照,便一定让我把表妹介绍给他。他跟表妹在网上聊了几周后,便急不可待地去中国相亲了。临走时,还给我许下动人的承诺:"吴大利亚,如果你陪我去中国该多好啊,一切费用由我来出。"明明知道我没有护照(前两天包被抢了,护照一起丢了),

还故意给我许下空头支票，就算请我去月球，我也去不了。

学校早已放假，我也早已没课。于是，我每天早上10点起床，磨磨蹭蹭收拾完毕，也该吃午饭了，午饭后午休一阵子又该吃晚饭了。这几日，我静下心来仔细想了想该怎样打发这无聊的假期。对了，平时工作十分繁忙，吃饭一直将就，现在总算有时间来包饺子了。说干就干，不一会儿工夫，"小元宝们"便排着整齐的队伍准备下锅了。我突然灵机一动，何不尝试一下卖饺子呢？反正闲着也是闲着，目标顾客就是我们这栋楼的住户们。

有些事情，只是口头说说还可以，真要是付诸行动的话，需要付出艰辛的劳动，还要有足够的胆量。就说怎样吸引这些天天吃生菜的哥伦比亚人来买饺子吧，当街叫卖的本领我可不具备，绞尽脑汁后我打算印一些小传单，挨家挨户做宣传。于是，我准备好20份传单，晚上8点，我便逐个敲邻居家的门。

我先从左边的邻居开始，这位邻居是位50岁左右的绅士，笑容可掬地站在门口。我赶快满脸堆笑，像绽开的牡丹，说明了自己的来意，并告诉他星期六晚上8点，在几号房有中国传统水饺品尝会，届时还会有惊喜小礼品赠送，并希望邻居能够赏脸云云。我如法炮制，敲遍了整栋楼住户的门。告别时，还强调了一下我的住处，门口挂着中国国旗的那个就是。我返回家中喘着粗气，此时体会到了做小贩的艰辛与不易，现在只是开个头，更多的艰辛还在后面呢。万事开头难，我安慰自己。反正是卖着玩的，他们买不买没关系，这么想，就一点儿压力也没有了。

星期六早上一起床，我便为晚上的饺子盛会做准备，毕竟是第一次，自然要高度重视。我整整忙活了6个小时，包了300多个五彩缤纷的饺子，累得我腰酸背疼，但面对一大桌子排着整齐队伍的彩色"小元宝"，心里相当有成就感。饺子有猪肉馅、牛肉馅、羊肉馅和虾仁馅的。我把中国的书画、小灯笼、剪纸等各类小纪念品挂在客厅里，张灯结彩，五彩缤纷，心里越发兴奋起来。

▲ "小元宝"下锅了

▲ 排着整齐队伍的彩色"小元宝"

8点整，我已经做好了各类饺子。有煮的、有煎的，盛在用绿色生菜做底衬的大盘子里很好看，放在客厅的大餐桌上，只等邻居们大驾光临了。等了半个小时，也没见任何动静，我只能自己安慰自己，没关系，他们有迟到的习惯，一会儿就来了。邻居绅士和他的妻子果然来了，手中还提着一个小礼物送给我，后来又来了几位家庭主妇。那天晚上只来了12个人，但我还是高兴得心花怒放，非常感谢他们的捧场。饺子这种美食，只要有人宣传，名气很快就能打出去的。他们对我客厅里的各类小玩意儿大加赞扬，搞得我们都忘了今晚的主角是饺子。我赶快给几位准备盘子，每样饺子都盛上几个，配上中国香醋。我跟他们解释，每一个饺子都有一种吉祥美好的说法：一个，一帆风顺；两个，双喜临门；三个，三六九，往上走；四个，四季发财；五个，五子登科；六个，六六大顺；七个，七星高照……他们赞不绝口，边品尝饺子，边欣赏关于中国饮食文化的视频，这样充分把他们的胃口吊了起来。临走时，每家买了二三十个饺子，还向我承诺一定帮我做宣传。最后，宾客尽兴而归。第一次就把包的饺子差不多卖完了，我心中多少有种成就感。

接下来的一个星期,我的饺子店算是顺利开张了,而且生意红火,总有一两家打电话来订购饺子,量都不大,我也累不着,这种自娱自乐的方式真不错。

当我发邮件把这件事儿告诉贵宝锣后,他说要赶快跑回来帮我卖饺子。我只当他是说说而已,没想到两个星期后,他突然出现在我家门口,令人惊讶。怎么这么快就回来了?原来,我那表妹的英语在读写方面还可以,口头表达就只会说"你好""再见",其他的话要在大脑里酝酿上好一阵子才能说得出来。而贵宝锣虽然精通6种语言,但偏偏汉语很差。所以,表妹就默默无言地陪他逛了长城、故宫。后来真不知他们是怎样去的少林寺。我为表妹遗憾不已,白白地浪费了一次绝佳的相亲机会。不过,这次中国之旅,贵宝锣收获很大,那就是痛下决心要把中文学好。

贵宝锣家里是做生意的,但卖饺子还是头一次,他对此异常热衷。"虎门无犬子",贵宝锣充分发挥他做生意的特长,信心十足地准备把饺子业务发展到整个小区。我们除了发小传单,贵宝锣还在小区的大门外贴了一张大广告。在游说邻居们前来品尝饺子时,他居然瞎吹什么我是来自中国的专业厨师,曾在中国拿过烹饪大赛的大奖,还说他刚从中国旅行回来,明显感到我做的饭比中国餐馆里的饭好吃。他这么一瞎吹,我顿感底气不足,便提醒他不要胡吹。结果,他一脸满不在乎的样子说,这不叫吹,这叫树立形象。在他的胡吹下,我们打开了其他几栋楼的市场。

我们饺子店的生意越来越红火。每天我用6个小时包饺子,用6个小时来卖饺子,剩下的时间除了休息就是在家里数钱了。对我来说,数钱数到手抽筋是件开心的事儿,我和贵宝锣就沉浸在这当小贩的快乐之中。我们不再满足于仅仅包小元宝饺子了,为了提高销量,我们把饺子包成了各种"小动物"。在我的熏陶下,笨手笨脚的贵宝锣也能包出一群"小白鼠"来,还用绿豆做"小白

◀ 饺子队成员

◀ 饺子队成员日益壮大

鼠"的眼睛，十分可爱。他现在是饺子店的主力，身强力壮，一人一天就可以包300多个饺子。后来，我们还把胡安、佩德罗、朱莉娅、特斯拉等统统拉来当"劳工"，饺子店的队伍日益壮大。

3个星期后，我便觉得卖饺子不再好玩了。鉴于本小区大部分住户是做贸易的生意人，他们跟中国多多少少有业务往来，没有业务的也打算在不久的将来开展这项业务。于是,我跟贵宝锣商量,干脆在小区里组织一个中文班,重点介绍中国文化,顺便教点中文。

于是,我们便开始张罗这个中文班。最后组织起了一个8人的小班,学生全是家庭主妇。这个班是免费的,以介绍中国文化为主,顺便教一些汉语。我们上课很轻松,讲讲中国的过去和现在,讲讲武术,然后由贵宝锣现场进行三脚猫功夫表演。在国内时,我们跟老外打交道,总是按照他们的习惯来。中国是有着几千年历史的文明古国,为何他们不能按照我们的习惯来呢?所以,在课堂上,除了讲中国的现状,我还讲了大量中国人待人接物的方式。

这种文化传播见成效是在路西亚家做客时,她居然把我们所学的东西运用得淋漓尽致。她问我还需要加水吗?我说不需要,她坚持说,再加点儿吧。我起身告辞时,她挽留说,不再坐会儿吗?出了门口,她坚持送我们下电梯并一直陪着我们出楼道,一改他们哥伦比亚人送客到门口便"咚"的一声把门关上的习惯。

有时候,大伙儿会开着车浩浩荡荡地到某个学生的乡间庄园去上课。快乐的时光总是过得飞快,不知不觉两个月的假期便过去了⋯⋯

教授汉语、传播中国文化的志愿者经历实际上是一场深度旅行,在这场旅行中文化得以交流、文明得以传播,人们的关系也变得更加紧密,世界也因此变得更加丰富多彩了⋯⋯

魅力四射的古巴

如果一个人打算在这个地球上选择一个居住地来度过一生,那么加勒比海地区就是一个可以考虑的地方,这是一个梦幻般充满诗情画意和传奇的地方;一个让男人、女人追寻浪漫爱情的地方;一个充满歌舞和动感音乐、梦想和希望,激荡热血和勇气的人间乐园。这是一片拥有无数奇幻的海岛和爱情传说的世外桃源,一个被全世界无数的书籍、歌曲和电影所传诵的地方。这是一个由阳光、沙滩、蓝天、海洋、椰树和美丽奔放的女子铸就的神奇天堂。

古巴,是加勒比海地区最大、最美丽的岛国,素有"墨西哥湾钥匙""加勒比海明珠"的美誉。因此,我无论如何也要去古巴旅行了。古巴像一个温柔的女子,躺在加勒比海宽大的臂弯里。她的天空白天永远有炽热的阳光,她的街头永远有人在跳着激情的"桑巴"。

我从小对古巴的印象,就是古巴女排、"黑旋风"路易斯、雪茄和永远穿一身绿军装的大胡子卡斯特罗。古巴,有加勒比海岸明媚的阳光和金色的海滩,那里是海明威一生挚爱的地方,那里印着切·格瓦拉曾经战斗的足迹。

6月24日早上,我开始了前往古巴的行程。早已对出租车司机的宰客行为深恶痛绝,于是我打算乘坐公共汽车去机场,虽然哥伦比亚的公共汽车坐起来有点像拖拉机。我弄错了地方,在国内机场就下了车,结果又费了很大力气徒步走到国际机场。办理登机手续时,站在一旁的机场服务人员问我:"先生,你有行李（Maleta）吗？"我把"行李"（Maleta）听成了"钱"（Maneda），心里直犯嘀咕，看这姑娘长得挺有灵气的，问的是什么傻问题，没钱能去旅行吗？所以我回答她："当然有了。"然后她告诉我，我需要排在那边的队列里。后来我才知道，那个队是办理托运行李的，而我没有任何要托运的行李，自然不用排队了。我感觉自己特别傻，排了一大圈又到了那位服务人员面前。她很惊讶地问我："先生，你的行李呢？"我告诉她我刚才听错了，而她立刻十分有礼貌地向我道歉，实际上这根本不是她的错。在这一点上，我很喜欢哥伦比亚人，很有礼貌而且很友好。

▼ 随手一拍就是一幅美图

办完登机手续后，我进了候机厅。工作人员简直马虎得无药可救了，我的登机牌上明明写着8号登机口，但我发现自己身旁的旅客好像都是美国人。我问了问旁边的先生他要去哪里，他回答说去洛杉矶，我只得出候机厅又重新找一遍，谁知登机口居然是7号。

终于上飞机了。飞机上的窗户脏得不得了，我本来打算透过机窗看看古巴，旅行书上说在高空俯视古巴，古巴像只绿鳄鱼，结果我看到了一只灰鳄鱼。不过，飞机上的那个空哥给我的印象非常好，他问我是不是中国人，这让我突然觉得他很可爱。

飞机快要降落时，突然电闪雷鸣，好在飞机安全着陆了。走出机舱，一股热浪扑了过来，算是古巴哈瓦那给大家的见面礼了。从飞机上下来100名左右的旅客，除了古巴人，剩下的旅客分成4队入境。以前我觉得古巴人的办事效率很慢，那是我错了，因为那不是真正的慢，跟现在的入境速度比，以前古巴人的效率算是很高了。我们这个队伍大概也就20人，我们足足等了3个小时，我估计这地球上再也找不到任何一个国家的入境速度能低到如此程度了，就连一向很有耐性的哥伦比亚人也沉不住气了，纷纷鼓掌表示不满。

最后，我花了3个小时终于入境了。后来返回哥伦比亚，入境时只用了3分钟。

走出机场，酒店的车已经等着了。到了酒店门口，我正打算从包里给司机掏小费，谁知他急不可耐地提醒我："Propina"（小费）。我没好气地说："Yosé"（我知道）。本打算给他2美元的，最后只给了他1美元。他们的服务质量很一般，却总是惦记着小费，四星级的酒店居然没有领路员，都是客人们自己找自己的房间。进了房间，电视十分陈旧，好在能收到中央电视台的国际频道、英语频道和西班牙语频道，能在异国他乡收看祖国的电视节目真不错。

我对古巴的另一个印象就是苍蝇和蚊子非常多。餐厅里的空调坏了，所以

魅力四射的古巴

▲ 坐在街头与过往游客合影的老妇人

苍蝇狂舞，与游客一起抢夺食物。大家都知道苍蝇有搓脚的习惯，它们在食物上悠闲地搓搓脚，把病菌都搓到了食物上，在这种情况下，你要是还有食欲才怪。最后，我可以吃的就只有面包、西瓜、香蕉、哈密瓜之类。我一边吃一边赶苍蝇，还要用餐巾纸盖着我的面包，防止苍蝇来抢。古巴的蚊子也特别多，在巴拉德罗海滩的酒店大堂里，我看到一个女孩被咬了很多大红疙瘩。

古巴的物价特别高。例如，我给一个古巴朋友打了一个电话，3分钟就花了7.5元人民币，一小瓶矿泉水大约要花费20元人民币。另外，在古巴用美元换比索时，要付比较高的税，幸好有朋友提醒我此事，因此我这次来带的是欧元，避免了更多的损失。

另外，我感觉古巴人在穿着方面比较随意。我以前在北京申请过古巴签证，那些古巴公务员穿得很休闲，没穿西服，也没打领带。而哥伦比亚无论大

▲ 街头随处可见激情跳着桑巴的人们

小职员，一律西装革履，十分讲究。

　　第二天，我起得很早，趁苍蝇们还没起床，赶快吃了早饭，就等古巴朋友来找我了。我跟朋友一起玩了一整天，第二天，我打算自己出去走走。刚出酒店大堂，就有一个20岁左右的白人女孩迎了上来，用英语问我是否需要她陪我出去玩儿，在得知我会讲西班牙语后她显得很高兴。我想了想，让她陪我一起转转也挺好的，可以顺便跟她聊一聊古巴普通人的生活。在大剧院外面的广场上，打扮得花枝招展的女孩们居然出售香吻，每吻一次10个比索。

　　从聊天中我得知她今年22岁，是哈瓦那大学的学生，利用业余时间做导游，挣一些生活费。古巴人的收入很低，一个大学老师的月工资只有20美元左右，而她做这种兼职工作运气好的话一天的收入就是20美元。她向我推荐了一些工艺品商店，让我欣赏一些乐队表演，我知道她会拿一些回扣，所以对于她

▶ 在小佛罗里达酒馆与海明威一起探讨文学

▶ 海明威当年居住的511房间

▶ 海明威写《老人与海》时所用的打字机

给生命加点料
从安第斯山脉到亚马孙森林

▲ 海明威当年在古巴的住所——两个世界酒店

推荐的项目,我多多少少都会消费一些,这样我既了解了古巴,对她也是一种帮助。

几年前我看了很多关于古巴的旅游书,对古巴早已做了很多的功课,所以对于哈瓦那必游之地早已熟知。例如,1982年12月14日被联合国教科文组织列入世界文化遗产名录的哈瓦那老城及其防御工事;用石头砌成的非常有特色的住宅、教堂、狭窄的街道、小广场、咖啡屋、剧院、喷泉、城堡和要塞;哈瓦那最古老的要塞——皇家军队城堡;哈瓦那大剧院;哈瓦那海滨大道——散步、谈情说爱、体育运动、跳舞和民间音乐会的场所;著名的老字号"五分钱小酒馆"。

在所有的观光景点中,我最感兴趣的是海明威故居。两个世界酒店(Ambos Mundos)是海明威当年在哈瓦那的住处,他的不朽名著《老人与海》就是在此完成的。我带着寻幽探古的劲头儿拜访了这家酒店,并在海明威当年居住的511房间里看到了当年他用来写《老人与海》的打字机,我不禁想象也许我因此会沾上点文学气息,握着笔杆洋洋洒洒创作出一本惊世骇俗的小说也是有可能的啊!

也许正是因为我参观海明威的故居,沾上了点文学气息,我后来还真的出版了《我心安然是幸福》这本书。

据人民网·人民日报·海外版报道,"1847年6月3日,当英商的双桅船载着212名华工驶进哈瓦那港的时候,便掀开了契约华工在拉丁美洲创业的篇章。当然这是用泪水和鲜血写成的"。这些华工是被人贩子作为"苦力"骗卖到古巴的。在古巴的博物馆里,至今仍保留着他们的卖身契。从1847年到1874年,抵达古巴的华工共计12万人以上。到1880年仅剩4万多人,8万多人在契约未满时就被折磨死了。华工为古巴的繁荣和发展流尽了血汗,做出了重大贡献。华人在古巴的历史功绩是被古巴人民广为称赞的。在哈瓦那海滨大道附近的9号街广场上,矗立着一座8米高的黑色大理石纪念碑,这是1931年古巴人民为了表彰华人在古巴独立战争中的功勋而建立的。

走在古巴华人区,难免会让人想起这里沧桑的历史,不时能碰到衣服上带有中文的古巴人。后来在巴拉德罗海滩的酒店里,有个客房服务员告诉我她爷爷来自中国,不过,从她的面部已看不出一点中国人的痕迹了。

长期紧张的古美关系、多年的经济封锁,给古巴人民的生活造成了巨大困难。但是古巴人民平和的心态让人钦佩,我遇见的几乎所有的古巴人,都是那样的气定神闲。面对物资短缺、商品匮乏的现状,他们泰然处之,对生活不过多奢求。今天古巴人民部分生活必需品是配给供应的,每家都凭票证供应。每当路过商店门前时,总能看到手拿票证静静排队等待购物的人群,我心中顿时生出一种似曾相识的酸楚感,挥之不去。

我对古巴那些五花八门的汽车印象很深。古巴的街道简直就是一个汽车展览馆,新、旧汽车的年龄相差几十年。我坐在路边的石阶上,一边吃着冰淇淋,一边欣赏着过往的车辆,该进汽车博物馆的各种古董汽车晃晃悠悠地从我眼前驶过。他们的公共汽车被称为骆驼,实际上是一部卡车头拖带着一个长长的车身,跟集装箱车差不多,由于两头高、中间低,所以就叫它"骆驼"。

给生命加点料
从安第斯山脉到
亚马孙森林

▲ 骆驼公共汽车

这里还有个很有趣的现象，几乎所有摇摇晃晃驶过的古董汽车里都坐了满满一车人。因为所有古巴人都喜欢站在路口搭顺风车。最让人惊讶的是，几乎所有的车只要有空位，或者使劲挤挤还能挤下半个人，车主必然会停车让搭车人上，哪怕不太顺路，也载到下个路口，让搭车人改搭别的车。更令人称奇的是，不论搭车人是男女老少、人多人少、路途远近，居然都分文不收。我乘出租车回酒店的路上，出租车司机看到在路边站着一个姑娘，便主动停车探出头问姑娘要不要搭车。

古巴的海滩是世界闻名的，巴拉德罗海滩又是古巴最著名的海滨游览胜地，这里的海水具有蓝色的一切层次。这里的海滩平缓绵长，海水清澈、绿中带蓝的色调非常罕见，毫无污染的纯粹的自然风光简直如同童话世界，令人陶醉。游人或在草棚下乘凉，或在沙滩的躺椅上享受日光浴。清澈的海水一望无际，色彩从近处的浅蓝变为远处的蔚蓝，在天际处又变为深蓝，层次渐变而分明，蓝得神奇，蓝得令人惊叹。

在巴拉德罗海滩上，到处可见各国游客静静地趴在沙滩上，享受日光浴。

最后，我又用了很长时间离境，告别了古巴。再次透过飞机的机窗看下去，古巴的确像一只绿色的鳄鱼一样静静地浮在蔚蓝的海面上。

我结束志愿者工作之后，又重返金融行业，由于工作需要又去古巴出差了很多次，但每次它带给我的感觉都是不一样的……

巧遇哥伦比亚总统

第二次古巴之旅最大的收获就是与哥伦比亚总统撞了个满怀!

趁着假期我准备再次去古巴旅行。在我们办公楼的二层,有一家学校附属的旅行公司,虽然我已经详细地告诉了他们我的行程路线,就等他们去确认机票和酒店了,但3个星期过去了,却不见任何答复。当地人办事拖拖拉拉,而且十分马虎。我三番五次地催问,也得不到满意的回答。瞧瞧,把钱送上门人家都不积极接,这要在国内,那些旅行公司定会尽力说服游客选择他们的服务。最后,我只好换旅行公司。

我在申请古巴签证时,被告知要直接到古巴驻哥伦比亚的航空公司办理。工作人员在电话中说接受刷卡,但我在付款时却被告知不能刷卡,需要交现金,我只得又去大街上转了几圈找银行取现金。交完现金,工作人员递给我发票,我仔细一看,把我的名字弄错了,于是我又耐心地跟她说了一遍我的名字该怎样写,谁知这次改了之后还是错的。而那位航空公司的经理给我打机票发票时,正与一位哥伦比亚小姐聊得火热,两只眼睛直勾勾地盯着对方,最后把发票日期打成了一个月前的,真服了他们了。而且我的机票居然是手写的!不过,好歹当天就给了我签证,以前在北京申请古巴签证时,用了8个月的时间。

塞翁失马,焉知非福。工作人员的这种马虎,却成全了我的一桩好事。

在选择古巴的酒店时,我专门问过在古巴工作的朋友清泉,他说全景酒店

（Panorama）还不错，没必要订梅利亚哈娜酒店（Melia Hanana），不要对古巴乃至整个拉丁美洲的四星、五星酒店有太多期望。我虽然没有订后者，但在古巴的最后一天，我还是阴差阳错地在那里住了一晚。

在古巴的第4天，我已经无所事事了。这4天里，我或是下海游泳，或是待在房间里看中央电视台的节目，能在国外收看到国内节目真不错，当时电视里正在直播西藏铁路开通的节目，背景音乐为《天路》，当韩红那优美清澈的声音响起时，我激动不已。

终于熬到要走的那一天，由于飞哥伦比亚的航班时间是上午7点40分，而且从巴拉德罗海滩（Varadero）到机场需要3个小时，所以凌晨1点半我就得往机场

▼ 哈瓦那的街巷

赶。我担心粗心的古巴人会把我的航班时间遗忘,所以在前一天,就给负责机场接送的办公室打了两次电话提醒和确认。凌晨1点时,我已坐在酒店的大堂里等车了。

早上5点到达机场。在哥伦比亚是先交离境税,然后换登机牌,而古巴正好反着来,我排了很久的队后却被告知要先换登机牌后交离境税。我又转过去排队,实际上我站到了队尾。好不容易轮到我了,柜台工作人员却告诉我没有座位了。什么?怎么可能呢?柜台人员解释说是出票时多卖出了一些机票,所以来得晚的乘客就没法换登机牌了。我简直不敢相信自己的耳朵,我乘坐过的航班无数,还是第一次遇到这种机票超卖的情况。航空公司自私到了宁愿给乘客带来巨大麻烦也不愿意冒险浪费掉一个座位。

够了够了,我已经被他们折磨够了。那位工作人员看我满脸怒火,便满脸堆着笑像绽放的牡丹一样,开始向我说明我会得到的种种权益:梅利亚哈娜酒店免费住宿一晚,特大床房;免费3餐和饮料;免费1分钟拨打国际长途及来回接送;免费欣赏古巴萨尔萨舞(salsa)表演;免费游览哈瓦那最古老的要塞——皇家军队城堡。然后当场就帮我换好明天航班的登机牌。免费1分钟的国际长途?1分钟能说什么啊?不过,好歹是免费的。后来我入住酒店后往国内打电话,打了一个小时都打不通,好不容易接通了,却被告知我需要付费约60元人民币。不是说好的免费国际长途吗?我被告知第一分钟免费,第二分钟就得付费。每分钟60元,古巴的国际长途真够贵的。至于萨尔萨舞表演,那是酒店送给所有入住客人的免费节目。免费3餐和饮料,所有入住酒店的客人都有这种权益。而皇家军队城堡,那本来就是免费游览的。

刚才在队列中与我一起聊天的那位女士安慰我,问我是不是赶时间,如果是的话,她可以跟我换一下,她不赶时间。面对如此热情的关怀,我怎好意思抢了她的机会。于是,我脸上立刻挂上灿烂的笑容对她表示感谢,并说自己不赶时间，没关系的。

想想现在又没有别的办法，而如此多的"免费"实在令人心动。于是，我面带微笑，对那位工作人员说："请先帮我开张延机证明，然后我要一份早餐，法式面包加煎鸡蛋，加一个奶油巧克力冰激凌，再加一个棒棒糖，要苹果味儿的，顺便帮我把明天的座位升到商务舱。"

坐在梅利亚哈娜酒店的餐厅里吃着"加勒比海女王"（一道用加勒比大虾做成的菜），喝着叫作"古巴自由"的鸡尾酒，通过酒店餐厅的大屏幕电视欣赏着巴拉德罗海滩的美景，感觉比较放松。对于不赶时间的旅游者来说，遇到这种事情还算不错。

回房间时，我感觉好像吃坏肚子了，赶紧一路小跑，就要到我的房间门口

▼ 与《孤独星球——古巴篇》封面人物老先生的合影。这位老先生经常坐在武器广场与海明威曾经住过的两个世界酒店（Ambos Mundos）之间的巷子里看着过往的行人，身旁放着封面是他的《孤独星球——古巴篇》

时，突然从走廊拐角处冒出几个人来，我与其中的一位撞了个满怀，顿时感觉头顶有几只金色的小蜜蜂在飞舞，我大叫了一声："老天！"那位跟我相撞的人让我有种似曾相识的感觉，看起来很斯文，戴着眼镜，也很友好，我还来不及说"对不起"，他已先向我说着"对不起"了。突然间我回过神来，问他是不是哥伦比亚总统乌里韦，在得到肯定的回答后，我赶快攀了一下关系，告诉他我在哥伦比亚那所培养了29位总统的大学教中文，他曾在那所大学进修过。然后我们握了握手，我说，我有很急的事儿得先走了，随后就匆匆回房间了。他给我的感觉很好，没有任何架子。

当我在五谷杂粮轮回之所一阵狂风暴雨后突然感到很遗憾，应该跟他合张影，或者至少问他要张名片作为留作纪念。

旅行的美妙之处在于你会在意想不到的时候遇到让你惊喜的人、事或物……

选美从娃娃抓起

哥伦比亚有一个雅号叫作"选美王国"。的确,哥伦比亚盛产美女已经是不争的事实。环球小姐大赛开始于20世纪50年代,秘鲁姑娘格拉迪丝(Gladis)于1957年夺冠,是拉丁美洲地区首次获"环球小姐"称号的美女,此后就掀起了拉美姑娘们勇夺世界各类选美大赛冠军的风潮。

哥伦比亚是拉美地区表现比较抢眼的国家之一,是全球公认的盛产美女的国度,她们在国际3大选美比赛中已获得多项冠军,并多次进入前5名,哥伦比亚因此被誉为"美人摇篮"。

哥伦比亚人无论男女都对自己的外表十分注重,4000多万人口中有将近一半的人生活在贫困线以下,然而仅从外表上看,你很难区分有钱人和穷人,不仅在电梯里、破烂不堪的公交车里时常弥漫着名贵的香水味,在大街上空气中也弥漫着各种香水味。女孩们精心地把自己打扮得花枝招展,男孩们西装革履、衣冠楚楚,稍微年长一些的女士们也不甘示弱,在着装上尽量向20岁的姑娘们靠拢,打扮得像一个个"超龄小甜甜"。

美容业是哥伦比亚最为阳光的行业,女孩们眼睛连眨都不眨地就把收入的相当大的一部分用于美容、美发和服饰上。有一次,我问一个女生为何不复印教材,她说:"我这几天手头比较拮据,口红都用完一个星期了还没买,你看,这个星期我连妆都没化。"说这话时,她一脸的无奈。

▲ 漂亮的哥伦比亚女孩卡塔丽娜

哥伦比亚人尤其是少女们都牢牢地记着一组数字：3∶2∶3，即90厘米、60厘米、90厘米，这是她们追求的胸围、腰围和臀围的完美比例。在选美大赛期间，即使波哥大发生8级大地震，即使游击队攻入首都占领总统府，只要电视塔没被炸倒，电视台就不会中断播放选美比赛，人们也会准时端坐在电视机前观看选美大赛。这是一个对美女万分关注的国家。

记得我刚到哥伦比亚机场时，明显感到哥伦比亚人的外貌普遍较好，总有美丽且热情似火的哥伦比亚女郎擦肩而过。大街上，世界小姐级长相的女孩一抓一大把，她们普遍拥有修长的双腿、大眼睛和长睫毛，每个都像是一件精雕细琢的艺术品，让人觉得十分养眼。

我刚到基布多的第一个月，就经历了一场如火如荼的选美大赛。哥伦比亚的"小姐"头衔五花八门，有"咖啡小姐""鲜花小姐""绿宝石小姐"等。各个单位也各有自己的"小姐"，大到哥伦比亚"国姐"、基布多"市姐"，小的有乔科科技大学"小姐"、英语系"小姐"，直到"班花"。他们选美时，以各个机构为单位，先选出本单位的冠军，然后参加区里的冠军比赛，再参加本市的选美大赛，胜出的代表本市参加全国的选美大赛。

记得那是星期五，我们下午本来有课，但学生们告诉我下午有选美比赛，他们不来上课了。我当时听错了，以为只有几个男生不来而已，其他人肯定还是要来的，于是我还是照常去学校上课。谁知到了学校后才发现整个校园静悄悄的，大家都放假了。我只好乘车回家，大街上的商店也全关门了，公司也都放假了，原来选美大赛在哥伦比亚是如此火爆，全城人集体参与。一路上，两旁全是看热闹的人们，他们等着观看经过的选美彩车及参赛者。我明显地感觉到了这是一个为足球和美女而疯狂的国度，就连50多岁的系主任弗兰西斯科也把他的电脑屏幕主页设置成本校的校花，那位给我签发工作签证的哥伦比亚外交官也从北京给我发来邮件，询问选美比赛的盛况。

▲ 基布多小姐

在回家的路上，我看到弗兰西斯科站在自家阳台上，目不转睛地注视着彩车将要经过的大道，我使劲向他挥手，也未能引起他的注意。没有亲身经历过哥伦比亚选美比赛的人，是无法想象现场气氛如何火热的。在选美比赛期间，当地人会为了参与或收看转播而忽略其他事情，工作一度处于停止状态。据说，多年前一位来自基布多的非洲裔小姐打破肤色障碍，一举夺得"哥伦比亚小姐"桂冠，成为该国历史上首位非洲裔小姐，此事一直让基布多人引以为豪。

第二天，游行队伍还在继续行进着。比赛正好在我租住的酒店旁边的酒店举行，人们在酒店门前载歌载舞，欢迎彩车队伍的到来。我就站在酒店二楼的阳台上，好好欣赏这难得一见的现场选美比赛。载着3位佳丽的彩车出场了，人群疯狂地呐喊起来，他们叫着自己崇拜的偶像的名字，3位佳丽微笑着，不停地向人群挥手示意并飞吻。她们无论是长相还是身材绝对是倾城倾国的，她们都有着优美的身体曲线和富有魅力的笑容，仿佛3件美得不可多得的艺术品，用沉鱼落雁、闭月羞花来形容她们都显得苍白无力。

这3位佳丽是从基布多各个机构选拔出来的，将进行最后的"市姐"角逐。她们首先要进行才艺展示，内容有舞蹈表演、唱歌、公众演讲等，评委就是民众。她们舞蹈跳得很不错，歌唱得很甜美。她们的公众演讲将比赛推向了高潮，她们讲起话来妙语连珠，举手投足得体优雅，跟她们自身出众的气质完美地结合在一起。可以看出，她们绝对是经过专业指导的，她们的实力均在伯仲之间。节目很精彩，人群中频频爆发出掌声和欢呼声。人们喊喊喳喳，热烈地讨论着该投谁一票。我也赶忙来到投票箱前询问，外国人是否可以投票？"当然可以，四海皆兄弟，我们选美的目标是让哥伦比亚漂亮的姑娘们走向世界的，欢迎来自五湖四海的朋友参与。"主管很热情地答道。于是我也参与了投票。

可惜那天天公十分不作美，下起了暴雨，3位美女被淋成了落汤鸡，但这丝毫不影响当地人的热情。在基布多，小女孩儿从8岁开始就可以参加选美比赛了，那些专为8至16岁的女孩设置的比赛，规则也都是非常专业和严谨的。

哥伦比亚的选美比赛可谓全民参与，就连监狱里也在开展着同样的赛事。21岁的路伊萨成了轰动一时的狱中新闻人物，她有着明快的腰部曲线，细长而丰腴的双腿和富有魅力的笑容。最后她进入了监狱组织的选美比赛决赛并获得亚军。然而，谁能想到这样一位美女竟是个职业杀手？她曾闯入波哥大的一家餐馆，开枪杀死两名正在用餐的商人，然后镇定自若地扬长而去。最近几年，当哥伦比亚总的犯罪率稳步下降了许多时，女性犯罪率却在逐渐升高。

哥伦比亚何以会盛产如此多的世界级美女呢？原因有以下几点：第一，经济落后。对于女孩子来说，获得各类选美称号是最快、也是最简单的逃离贫困生活的方法，这就使得女孩子们对自己的外表十分注重，不遗余力地修饰自己，毕竟能成为各类选美冠军是很多女孩子的梦想。第二，哥伦比亚人大部分是白人和印第安人的混血，这些选手们天生丽质，有着性感的身体曲线、健康的肤色、精致的五官，以及热情奔放的气质魅力。她们往往能够艳压群芳，深得评委和观众的喜爱。第三，她们都经过了长期而系统的训练。哥伦比亚有很多美女培训学校，那些专业美容师和教练们专门指导女孩子们如何进行营养保健、形体训练，建议她们是否需要隆胸，是否需要垫鼻子，是否需要割双眼皮或做两个可爱的人造小酒窝等。第四，当地政府和民众的大力支持。在哥伦比亚小姐选美大赛前，当地政府都会用很长一段时间为本市的选手做宣传、拉选票，这阵仗跟竞选总统

▼ 卡塔赫纳的灯塔，跟威海悦海公园的灯塔那么像

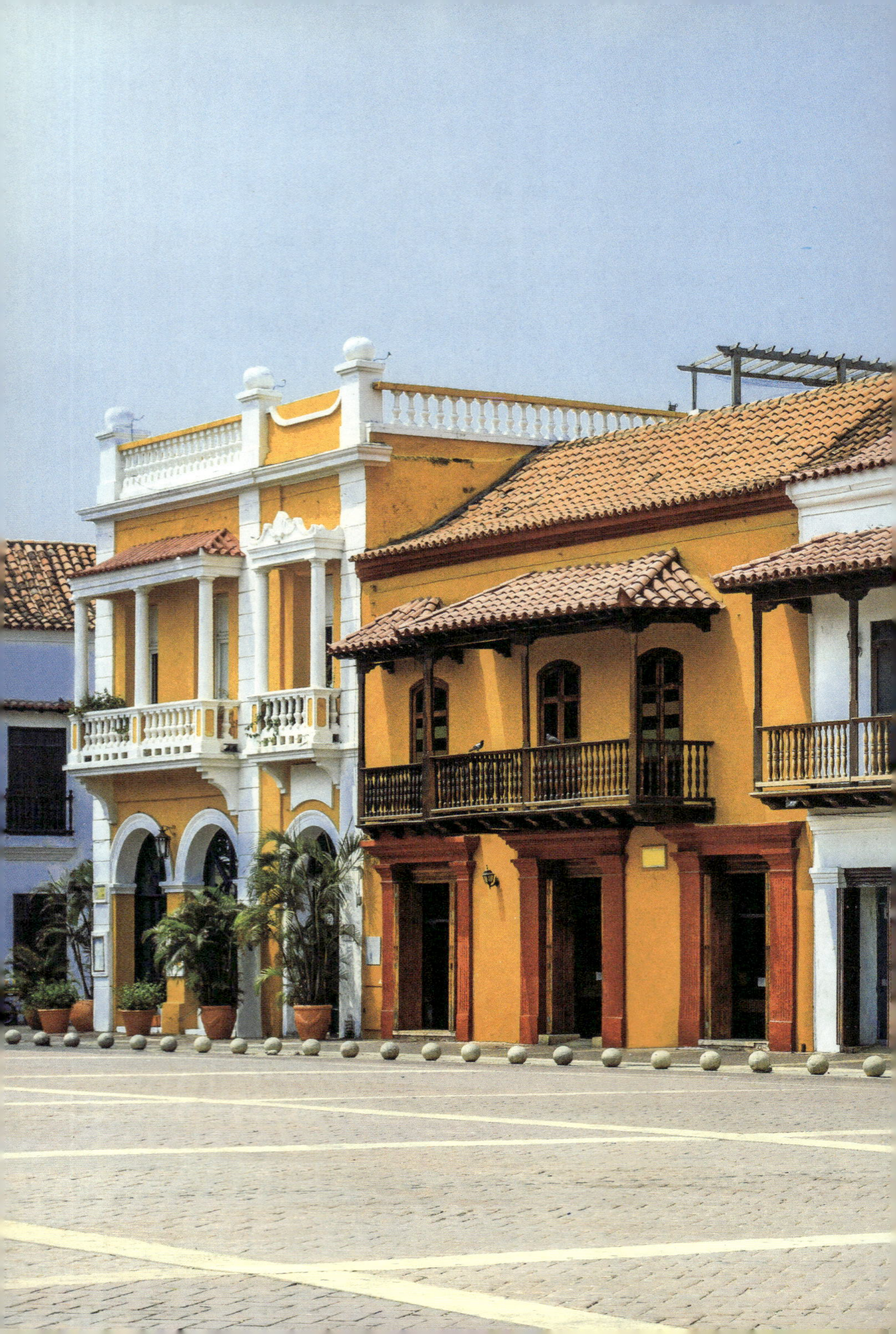

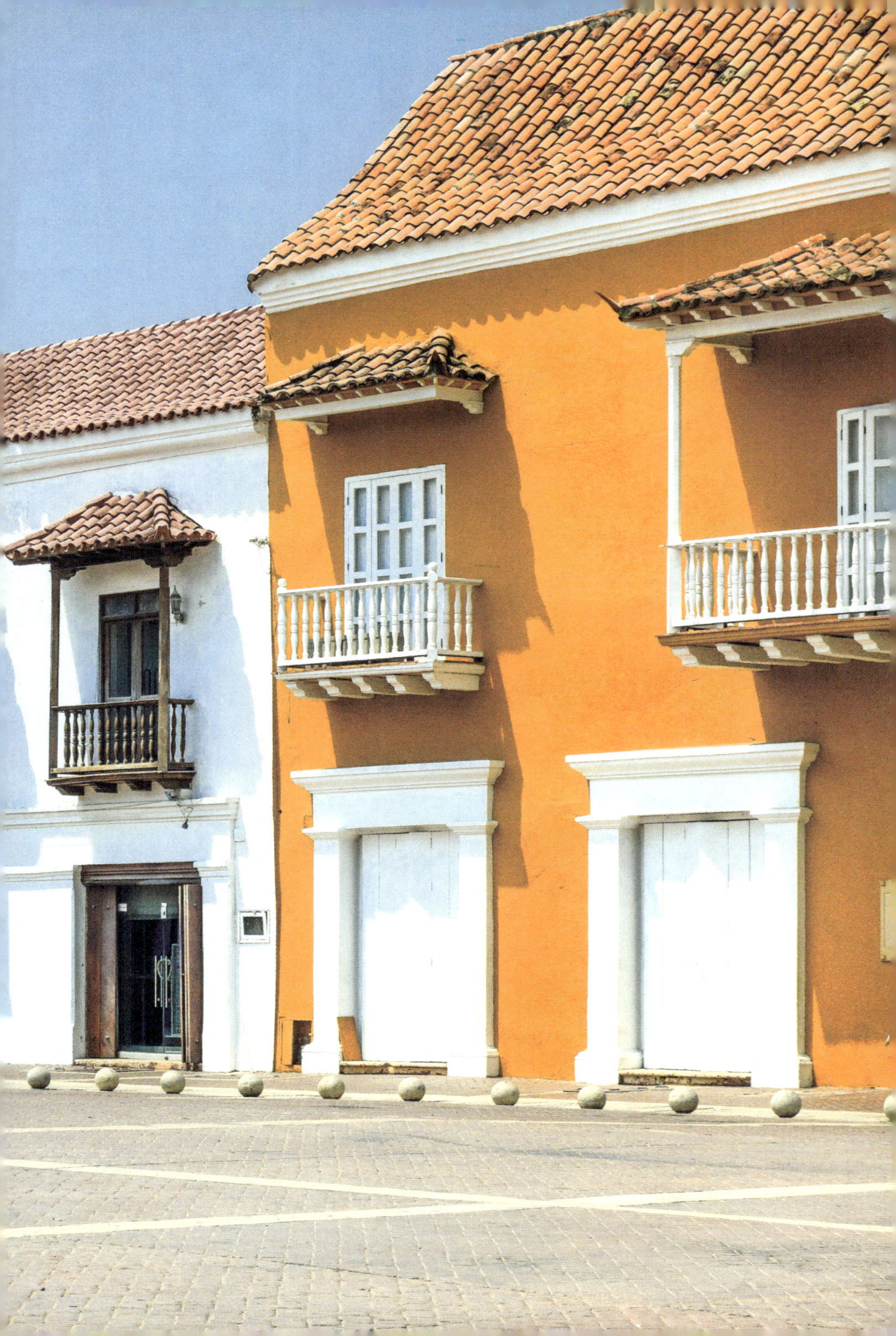

▲ 传统手工瓦尤包

似的。

  我的邻居纳福达雷先生是附近健美中心的教练，40多岁才有了个宝贝女儿，自然视其为掌上明珠，他居然把刚6岁的小宝贝送去选美培训学校参加专业培训，盼女成凤的心情可见一斑。在她的班里，居然有10个同龄的小女孩儿，她们每天接受2小时的训练，这才是真正的选美从娃娃抓起。

  哥伦比亚最有名的美女培训机构叫"瑰丽女皇之家"（Organizacion Reinado Nacional de Belleza），总部设在美丽的加勒比海海滨城市卡塔赫纳（Cartagena），在波哥大也有分校。在这里，聚集了各年龄段的姑娘们，她们的走路姿势、面部表情、说话语调、交谈技巧等都要接受职业教练的指导。这里一年的培训费用十分昂贵。副校长路西亚女士十分骄傲地说："哥伦比亚的女孩子们是漂亮的，她们入校之前就已经具备了选美的资质，我们更有责任和义务把她们变得更加美丽和聪慧，使她们能够走出国门，向全世界展示哥伦比亚女性的魅力。"

热情善良的哥伦比亚人

对于一般的观光客而言，哥伦比亚也许是一个充满毒品和暴力冲突的国家，而实际情况是，只要你在哥伦比亚生活一段时间，那么你就会出乎意料地被当地人的热情和友好态度所感动。如果你是黑头发、黄皮肤的东方人，那么你的这种感觉会更明显。伟大的拉丁精神和友好的国民展现着哥伦比亚最美丽动人的一面。

学校为我办了一张万能卡，用它来旅游、购物或是进行其他消费均能打折并积分。一次，我去离家比较远的那家指定的大型超市买东西，购物完毕后，我提着大包小包的东西走到街对面准备打车回去。我对波哥大的公交车十分不敏感，不像在中国，公交车都是标明几路的，感觉这里的公交车乱糟糟的，车窗上贴得乱七八糟，我也搞不明白究竟应该坐哪一辆，还是打车比较保险。那时正值下班高峰，又下起了毛毛细雨，我就站在一家商店的门外等车，可惜每辆出租车都有人。突然，我看到一辆银色小汽车缓缓向我驶来，那位司机先生摇下车窗并向我挥手。噢！原来是我的学生，他肯定想要载我一程，但好像又不对劲，他的车好像没这么新。我转念一想，没准儿他昨天刚换的新车，管他呢，上去再说。我不管三七二十一，毫不客气地打开车后门，一股脑儿地把大包小包的东西全扔到后座儿上。我一边一屁股坐在座位上，一边说："你出现得还真及时，真是个好学生，上次没白请你吃炸酱面。"然而，当那位先生把他那张惊讶的脸转向我时,我吓了一大跳,他根本就不是我的学生,他们只不过长得比较像而已。他肯定在纳闷儿,这个东方人怎么毫不客气地就上了我的车呢?你们可以想象,当时我多么尴尬啊。当时,我根本没指望他的车上有条缝儿,好让我立刻钻进去,因为根本就来不及。我满脸堆笑地说道:"对不起,我认错人了,我以为你是我的学生要载我一程呢。"我一边说一边准备下车。谁知他告诉我,他女朋友在那家商店上班,每当他路过这里时都要向她挥手示意,而此时我刚好就站在那里。再加上他长得非常像我的学生,我又有点近视,所以一场误会就这样发生了。不过,他还是把我送到了家里,十分友好。这件事一直让我很感动。

哥伦比亚的电话很有意思,不像我们中国的手机和座机之间是可以自由互通的,而这边只有专门的座机才可以打通手机。刚开始时,我不太清楚这一点。一次给安德莱斯打手机,打了好几次都没人接听,我只好留言了。晚上,我再次拨通电话,是一个陌生男人接的电话,他告诉我打错电话了,态度十分友好,在得知我打错电话后,他并没有立刻挂断电话,还说了再见,并等我先挂断。我又确认了一遍安德莱斯的手机号码,重新打了过去,但还是打错了,他依旧十分友好地告诉我打错了。他自始至终态度十分友好,给我留下很深的印象。后来我才知道原来我的座机根本无法打手机,当我拨安德莱斯的手机号时,前面的几位数字正好是那位先生的座机号码。

去年年底我刚从基布多来到波哥大,暂时住在黄金博物馆附近的一个酒店里。后来我准备回国休假,却在出发的那天发现酒店的电梯坏了,我只得走楼梯把我那36千克的大行李往下搬。这时,一对情侣下楼从我身边走过,他们已经走到下一层了,又折回来问我是否需要帮忙,这让我十分感动。

上次逛黄金博物馆对面的手工艺品市场,我看上了一个小玩物,便问店主价格。店主说:"1.3万比索。"怎么这么贵?我心想。于是便开始跟他讨价还价。"1万怎么样?"那店主很惊讶地看着我说道:"我刚才说的是3000(tres mil),而不是1.3万(trece mil)。"哦,老天,我恍然大悟。那店主还可以,并没有因为我的误会而欺骗我。

这边的公交车很有意思,没有固定的站点,乘客要上车时只需招招手,要下车时按下铃就可以了。有时候,前面一个人刚下车,车刚启动还未走几步远,又有另外一个乘客要下车。但我注意到司机的态度特别好,从来不觉得麻烦。

以前在基布多时,有一次坐公交车碰到一位印第安人,我们一起聊得很愉快。后来我们又碰上了,他坚持要给我付车费,是一位很朴实的人。

刚开始坐快速公交时,我总是很迷茫,因为星期六、星期天和平时的车是不一样的,站点也不一样,当时我不知道,站在一个站点傻傻地等,旁边一个男孩主动上来问我是不是要去某某站,并告诉我由于今天是星期天,所以我应该到另外一个站台等车。还有一次,我刚从一个比较大的中转站下车,一个男孩主动上来问我是否需要帮忙。那时我对波哥大的快速公交已经非常熟悉了,偶尔还给当地人指导该怎样坐车,我跟他说我对波哥大非常了解了,并谢谢他的好意。

由于这些友好、热情的哥伦比亚人,我的戒备之心越来越放松,结果就让一些歹徒得逞了。

我从国内休完假后返回波哥大,有个学生正在北京留学,托我给她家里捎了点儿东西,她的弟弟郝德海和妈妈来机场接我。在回家的路上,我们兴高采烈地谈论着哥伦比亚人是如何友好。那时,我对哥伦比亚人的印象非常好,经过一年半的生活,我对哥伦比亚的感觉由当初的恐惧、防备变得很放松。但郝德海的妈妈提醒我还是要小心,对她的话,我根本没当回事儿。

快到达住的地方时,郝德海的妈妈说要顺便到附近的超市买东西,我们

给生命加点料
从安第斯山脉到
亚马孙森林

◀ 黄色是哥伦比亚的经典色

◀ 观光巴士

热情善良的哥伦比亚人

▶ 街头音乐家

▶ 波哥大市中心金融区

就把车开到超市门口，我和郝德海打算坐在车子里等她。她下了车，郝德海把车往路边停靠，这时，一个男子指着我们的车说后胎坏掉了，我们当时都以为那个男子是超市门口的泊车员，而且他很热情地上来帮我们换轮胎。以前我们经历过多次当地人很热情地上来帮忙的事情，所以我们对他也没有任何戒备心理。

郝德海拿着轮胎去修补，我就站在车旁等着，那时我刚坐完长途飞机感到很疲惫，没有一点力气。那个帮我们换轮胎的男子问了我几个问题，还问我是哪里人，我没有心思跟他聊天，只告诉他来自中国。后来想想，我那时犯了个错误。以前只要有人问我是哪里人时，我都会说来自中国，顺便说我是武术大师。如果那次我还按老方式来回答的话，说不定那群歹徒会掂量掂量我的拳脚功夫而不会抢劫了。

突然，他说我身后粘了很多番茄酱，还十分热情地帮我擦，之后又说我的包上也粘了很多，然后他就开始帮我擦包，不过我的手紧紧地拽着我的包，但他好像特别想把我的包拿下来一样。他看我不肯让他擦包，就说去旁边的商店里找点水，因为我身上还粘着很多番茄酱，还需要再擦一下。实际上，我那时就应该提高警惕了，现在再回想当时的情景，就是搞不明白我为何没有真正警惕起来。可能是我以前碰到不少非常友善的哥伦比亚人，所以对任何人都没有了戒备之心的缘故吧。

他借口去商店找水，实际上是去跟另外两个歹徒咬耳朵看怎样动手抢劫。他沾了点水回来，还要继续给我擦。我感觉此人怪怪的，他怎么这么殷勤？不过，以前见过很多哥伦比亚人的确很殷勤，而且没有任何恶意，所以我还是没有防备心。突然，他说有人在喊我，我此时突然开始警觉了，因为很多歹徒在开始抢劫时都是先分散对方的注意力。我没有朝他指的方向去看，但此刻突然有个人冲了出来夺走我的包就跑。我回过神后准备追过去，但那个帮我擦番茄

热情善良的哥伦比亚人

▲ 美丽与危险并存的波哥大

酱的人故意挡了我一下，就在我快要抓到我的包时，过来了一辆车，那人跳上车逃走了。我大喊："把我的护照还给我……"去年我第一次被抢时，我就立刻冲上去把我的钱包抢了回来，然而这次运气实在不好。

　　让人无法接受的是，当时在超市门口的那个真正的泊车员看到了歹徒的车牌号，但他居然因郝德海的母亲埋怨周围的人为何不帮一下忙而拒绝告诉我们车牌号。事发后我们报警，警察在30分钟后才赶到。想想也是，哪个警察敢来跟拿着冲锋枪的亡命之徒拼命啊？（很多歹徒都有冲锋枪的）哥伦比亚的小偷和歹徒与别国的很不同，他们往往穿戴整齐、西装革履，让你无论如何也意识不到出现在你身边的这个绅士居然是歹徒。而且他们会开着一辆好车四处游荡寻找猎物，一旦遇到外国人或是他们感觉你是有钱人，就会掏出家伙（有时候是冲锋枪，有时候是一把手枪，只有小偷才会用小刀）下手，就算你的警惕性再高也无济于事。相反，那些穿得很邋遢的人只是小混混，顶多追着你问你要

203

给生命加点料
从安第斯山脉到亚马孙森林

▲ 维护治安的警察

点钱，他们反倒一点儿也不危险。值得一提的是，哥伦比亚的法律没有死刑。

我个人觉得危险和安全都是相对而言的。以前我总喜欢背个小包，拿着相机，在殖民风格的老城区的胡同里转来转去，后来还去了城南的贫民窟，那两个地方都是波哥大的高危区，但什么事情也没有发生，而这次还是在有当地人陪同的情况下被抢了。

来哥伦比亚的人，如果不幸被偷或被抢，也不必沮丧，这实际上也是人生漫长旅途中的一种特殊经历。

我对哥伦比亚的感觉很复杂，由刚来时的恐惧渐渐变为喜欢，而历经抢劫和敲诈后，我又开始重新审视这个国家，从而对它极其失望和反感。然而，在接触了很多善良的人之后，我的思想再一次发生变化，又开始喜欢这个国家了。总之，我对这个国家的印象好坏参半吧。

但不管怎样，哥伦比亚是个美丽动人的国家，大部分国民还是非常善良友好的。

志愿者工作结束后，我回国重返金融投资行业，跟昆妮和汤米走访了拉丁美洲的大部分国家，发现这些国家基本上都差不多。令人深思的一点是，在这样的环境下，当地人却仍那样乐观和快乐。

出了国才意识到，在中国生活是多么安全啊！

女神的眼泪

我的课已基本结束,学校马上就要放假了。

早在初中学地理时,我就了解到哥伦比亚享有"黄金国"的美誉,并且出产世界四大珍贵宝石之一的绿宝石。哥伦比亚绿宝石的产量居世界第一,且品质最好,被誉为"女神的眼泪"。绿宝石代表着幸运和财富,象征着尊贵、美好和

▼ 晴空下的蒙塞拉特山

永恒的爱情。哥伦比亚绿宝石产量最大的地方是位于波哥大正北的木佐（Muzo），距波哥大约5个小时的车程，其次就是蒙塞拉特山（Monserratre）了，凑巧的是我工作的大学和我住的地方正好在这座山的山脚下。我在山脚下住了4个月却仍未前去参观，实在太说不过去了。蒙塞拉特山不仅出产罕见的绿宝石和鲜花，还是极富魅力的旅游胜地。每当碧空万里，眺望山顶那座乳白色的教堂，在瓦蓝瓦蓝的天空映衬下，好像那里就是天堂。

我和学生大伟约好这个星期六一同去爬山。这段时间是哥伦比亚的雨季，几乎每天下午都会下场小雨。星期六早上，我便开始在心里祈祷今天可千万别下雨，谢天谢地，太阳高高地挂在天空。然而吃过午饭，天气突变，阴沉沉的。我坚信今天下午绝对不会下雨，于是我们便出发了。在路上，我们还路过了一家哥伦比亚餐馆，名字叫作"兵马俑"，我觉得很有意思。

大伟告诉我，山路上平时人烟稀少，经常有歹徒埋伏意图抢劫游客，然而星期天有很多当地居民来朝拜，便会有很多人一起登山，所以徒步爬山最好选择星期天。于是我们决定乘缆车上山。在大伟看来，我在武术学校进修过，虽然从未在他面前显露过飞檐走壁这种高深莫测的功夫，但最基本的拳脚功夫应该还是可以的，再加上我在课堂上讲过武术，讲到兴高采烈时还会打上几套少林拳。另外，我又经常在课堂上用那招儿威力无比的"排山倒海"把开涮我的贵宝锣从座位上打翻在地，他自然认为跟我一起旅行肯定万无一失。而在我看来，大伟有着强壮的体魄、发达的胸大肌，以及酷似武打明星史泰龙的脸庞，我们一起去旅行，安全系数绝对很高。

山脚下有很多警察和军人在维持治安，一般情况下哥伦比亚是非常安全的，因为到处是警察和军人。看到那些持冲锋枪的军人我不但一点儿也不紧张，反而有种安全感。

缆车售票厅的旁边有很多来自外地的小学生正在休息，他们都盯着我看。

▲ 鸟瞰波哥大

离开基布多后,我已经很久没有遇到这种情况了,他们盯得我十分不舒服。说实话,我感觉在哥伦比亚旅行挺便宜的,很多景点周末不要门票(就算需要买门票,价格也不高),所以我们只买了缆车的票。实际上还有种登山的方式就是乘小火车,小火车只有一节车厢,外观五颜六色,很漂亮。令人惊讶的是铁轨并不是盘着山坡上去的,而是从山脚笔直地通向山顶,远远望去,好像是通向天堂的路径。火车究竟怎样在如此陡峭的山路上冲上山顶就不得而知了,会不会爬到半路因动力不足而倒滑下来?我的担心绝对不是多余的,这里人的马虎会导致任何事情发生。从安全角度考虑,我们还是选择乘缆车。那架缆车居然能一次容纳40人,缆车速度飞快,穿梭在悬崖峭壁之间,我感觉自己像在飞。缆车时而越过流水潺潺的小河,时而越过奇形怪状的石头,时而越过一片松树林,时而越过通往山顶的笔直的铁轨,几分钟的工夫我们便到山顶了。缆车门刚一打开,山上咖啡馆里的服务员们便一拥而上向游客散发传单,在山顶坐下来喝杯咖啡并欣赏

给生命加点料
从安第斯山脉到亚马孙森林

一下全城的景色自然是一种享受。站在蒙塞拉特山顶,全城美景尽收眼底。山脚下摩天大楼与殖民时期的欧式建筑错落分布,郁郁葱葱的城市公园点缀其间,整个城市十分美丽动人,令人心旷神怡。此时此刻,可以忘却所有的凡尘琐事,进入把酒当歌的境界。

山脚下那处古典建筑便是南美洲最著名的高等学府之一,为哥伦比亚培养了29位总统的罗萨里奥大学。远处望不到城市的另一端,此时雾越来越大。我们逛了逛后山的工艺品商店,店里都是一些当地的传统工艺品。一家店里贴了张对逛店游客的警示语:"小心!小偷就在你身边。"我和大伟吓了一跳,四处张望,看有没有可疑的人,不免有点儿"小麻雀放屁,自己吓了自己一跳"的感觉。

▼ 山顶商店里的工艺品

再往前走，有很多露天小餐馆。一只小狗一直跟在我们后面，我们停它也停，很有意思，它目不转睛地盯着我看，被小狗盯着看倒没任何不舒服的感觉。

不一会儿便下起了滂沱大雨，我们正好进入教堂参观。此时，教堂里响起了钟声，我恍然大悟，原来我每天听到的钟声是来自这里的。哥伦比亚90%以上的人都信奉天主教，他们十分虔诚地跪拜在圣母玛利亚的神像前。教堂里受难的耶稣，不是被钉在十字架上，而是扛着十字架跌倒在地上。据说是因为以前没有现代交通工具，来山上祷告要经过长途跋涉，有不少人在这段崎岖的山路上摔倒，所以耶稣扛着十字架跌倒在地上，想必对信徒们来说更有亲和力吧。

我和大伟坐在教堂里，听教士宣读《圣经》，每隔一段时间要播放一首圣歌，很好听。随后有位修士举着钱袋募捐，我捐了几百比索，但奇怪的是，每当人们把钱放入钱袋时，那个修士始终保持沉默而没说"谢谢"。大伟告诉我，传教时所有的人都要保持沉默。

教堂外依然有很多警察和军人，让人感觉他们随时都在保护人们的安全，但这也难免让那些初到哥伦比亚的外地游客感到十分紧张。

来蒙塞拉特山旅行之前，我一直天真地以为，既然此山出产绿宝石和鲜花，山上的绿宝石和鲜花一定随处可见，便心存幻想，以为能随手捡块绿宝石带回家，这样下半生的生活费也有了着落，哈哈！结果我们连一块绿宝石的影子也没见到。最后，带着点遗憾，我和大伟下山回家了。

我发现我这个人有点矛盾，有时候会显得十分清高，不食人间烟火，而有时候又十分物质，见钱眼开，琢磨着不劳而获发个大财什么的，哈哈！我毕竟是凡夫俗子嘛！

美丽的哥伦比亚

拉丁美洲的电视台有个旅行节目叫"不仅仅是个假日"(No es una fiesta),十分受欢迎。这是一档关于吃喝玩乐的节目,有一期讲到哥伦比亚的莱瓦镇(Villa de Leyva),我看到那里十分漂亮,于是便决定这个周末去莱瓦镇放松一下。莱瓦镇离波哥大约3个小时的车程。

学生安吉的阿姨马雷韦女士是博亚卡省(Boyacá)旅游局局长,她可以帮助我。我通过电子邮件跟马雷韦女士联系了一下,询问了一些当地的旅游、治安等情况。第二天,马雷韦女士便十分热情地打来电话,说可以帮我把酒店订好,因为这个周末正好是节假日,会有很多游客,酒店房间会很紧张。我便决定这个星期五出发。

去那里没有直达车,我需要在通哈(Tunja)转车。快速公交总站的旁边便有去通哈的长途汽车。早上9点我到了那里,看到很多长途车排着队按序发车,车旁站着的乘务员在拼命喊乘客坐车。去通哈的车很豪华,我到得比较晚,上车后发现只剩最后一排两三个座位了。我座位的后面就是厕所,这一路上都在闻着厕所的异味。不过,幸好一路上的景色很迷人,让人觉得路途很短。

车刚发动,走了两三分钟,上来两个人,其中一位坐在了我旁边,另一位乘客居然在跟乘务员讨价还价。我左边那位老太太带着一只鸡,一路上,她的鸡时而打鸣,时而又扑腾一阵子,好不热闹。车内电视上放着浪漫爱情片,车

▲ 莱瓦镇中心广场

外的景色非常美丽。旁边那位后上车的男士非常友好，说如果我想坐在窗边的话他可以跟我换座位。

车行驶了30分钟，到了郊外一个小站点，然后上来一位工作人员，核查车上的乘客人数。这时小贩们便上车售卖早餐、水果、饮料，这种情形让人感觉似曾相识。

一路上，我就跟旁边的那位先生聊天。他来自波哥大南部的一座城市，做复印机炭粉的生意，一聊才知道，我们学校居然是他的客户。我们聊到金迪奥（Quindío），那里盛产咖啡，他说他姐姐住在那里，如果我去那里旅游的话，他可以告诉我他姐姐的电话号码。他真是个非常热心的人！

快到通哈时，我跟他说有朋友会在通哈车站接我，他便问我是否需要用他的手机给我朋友打电话，我说我有手机。很庆幸遇到了他，因为我们乘坐的这辆车的终点站是布卡拉曼卡（Bucalamanca），车到通哈站时，我以为还没到站呢，还好他告诉我该下车了。在下车前3分钟，正好马雷韦女士给我打电话问我走到哪里了，于是我就跟她约好了见面的地点。下了车，那位先生陪着我，一直等到马雷韦女士来接我。他的友好让我很感动。上次钱包、护照被抢之后，我一直对哥伦比亚很失望，这位先生再次改变了我对哥伦比亚的消极看法，大部分国民还是非常友好的。正如我的那个朋友所说的，哥伦比亚国民对待外国人的友好程度是世界第一等的。

有一次，我去一个同校的老师家。虽然之前去过一次，但这次却怎么也找不到她家了，我就在附近转来转去，实在找不到，只好找人问路，他居然带着我一直走到目的地才离去。这些都深深印在我的脑海里。

马雷韦女士开车带我在通哈城里转了转。街两旁是殖民风格的房子，保存得很完好。后来我们去她家，她拿给我一些关于莱瓦镇的旅游资料。她送给我的那张当地风情的CD非常好听。这又是一位非常友好的朋友，他们真的让我很感动。

旅行，就是要去与美好的人、事和物相遇，因为遇到了美好的人、事和物，便会觉得风景更加美好，继而更加热爱这个美好的世界。所以喜欢旅行的人是快乐的、阳光的、热爱生活的……

下午一点，我搭上了去莱瓦镇的车，那辆客车非常小。一路上都能看到手持冲锋枪的军人，哥伦比亚在各个城市之间，每隔一段距离便有一个治安点，感觉很安全。

车行驶了40分钟便到了莱瓦镇。我下了车便去找马雷韦女士帮我订的酒店，由于酒店风格与我想象的简直是天壤之别，所以当我从它前面走过时，根本没想到那是一家酒店。从外观上看，那家酒店很像是一栋两层楼的住宅，而且大门紧锁着，走进去才发现里面挺大的。我是当天第一个住店的游客，办登记手续时，

美丽的哥伦比亚

▶ 绿色窗户是哥伦比亚建筑的一大特点

▶ 印第安集市

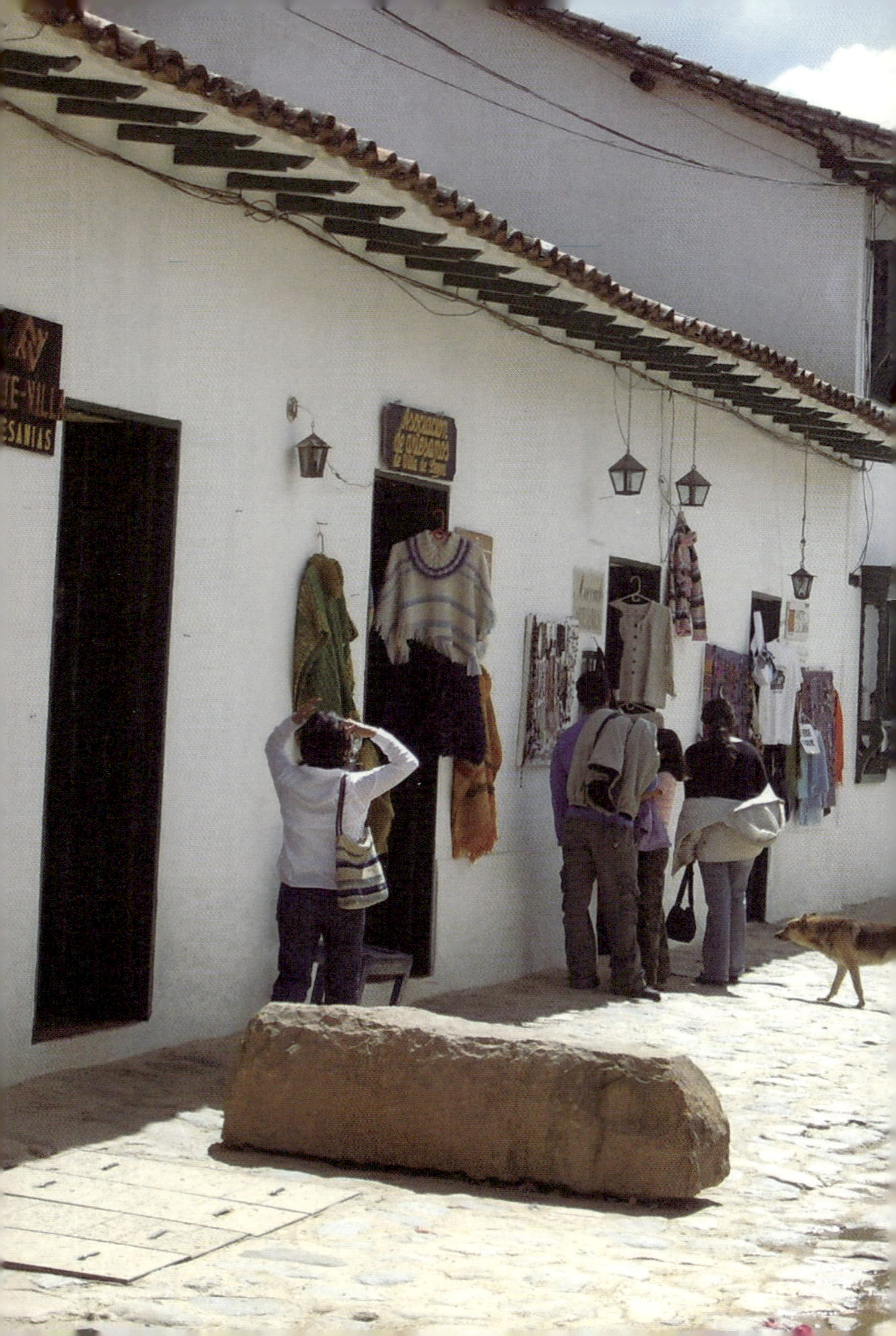
E-VILLA
ESANIAS

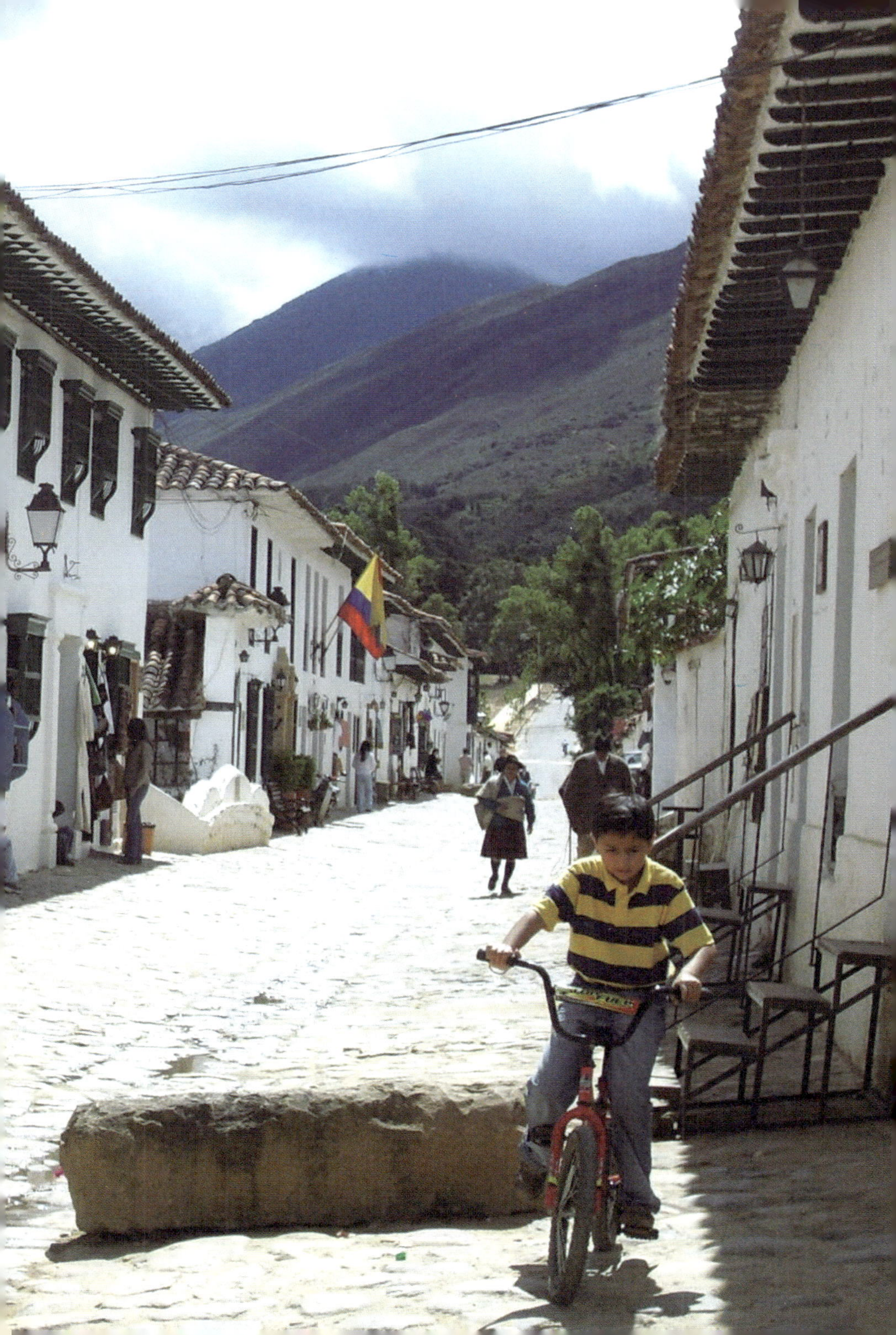

我翻看了登记簿上游客的国籍，大部分是波哥大人，只有少数外国人，几乎没有亚洲人。

放下东西，我打算出去走走，顺便吃午饭。莱瓦镇是个恬静的小镇，建筑是殖民风格的，几乎全是白色的墙壁、绿色的窗户，大部分是两层楼，跟我刚到波哥大所租的房子风格一模一样。路是用石头铺成的，走在上面要十分小心，以防扭伤脚。

来这里之前，我听一个学生说这里的烤牛肉非常好吃，便让酒店前台的接待员带我去了一家烤肉店。烤肉价格很便宜，一份仅6000比索（相当于人民币22元）。我要了一份烤肉、一份汤，汤很好喝，就又要了一份。结账时，服务员报价2万比索。我让她把账单拿给我看，因为一份烤肉6000比索，再加两碗汤，顶多9000比索。这时服务员赶忙向我道歉，说她算错了账。还想骗你小哥？

吃过午饭，我便在大街上闲逛。每个商店逐个逛，肉店也没放过。走进一个博物馆参观，看到持学生证可以半价，我手里拿着教师证，问那位卖票的先生：“有教师证是否也可以半价？”谁知人家根本没看我的教师证就直接给我一张儿童票。整个博物馆里我是唯一的游客，那天是周五，游客们在周末才会大量拥入。

随后，我逛了逛小镇的主广场，遇到了同车来的3个卡利（Cali）游客，他们邀请我跟他们一起合影。在哥伦比亚，他们对东方人很好奇，总会拉你一起合影。

天非常蓝，可惜那天刮着大风，空气中夹杂着被吹起来的灰尘。两个小时，我几乎把该逛的地方逛完了，在那条主街上走了不下6次。其间遇到一个电器商店，店主很友好，于是我们就一边聊天，一边看电视上的舞蹈表演。

这儿的人十分悠闲。从那家电器商店出来，已是下午5点多了，我便打算上一会儿网。网吧非常有个性，外面是殖民时期的建筑风格，里面的电脑却很现代。我在里面待了半个小时，收费1000比索。到了吃晚饭的时候，我换了另外

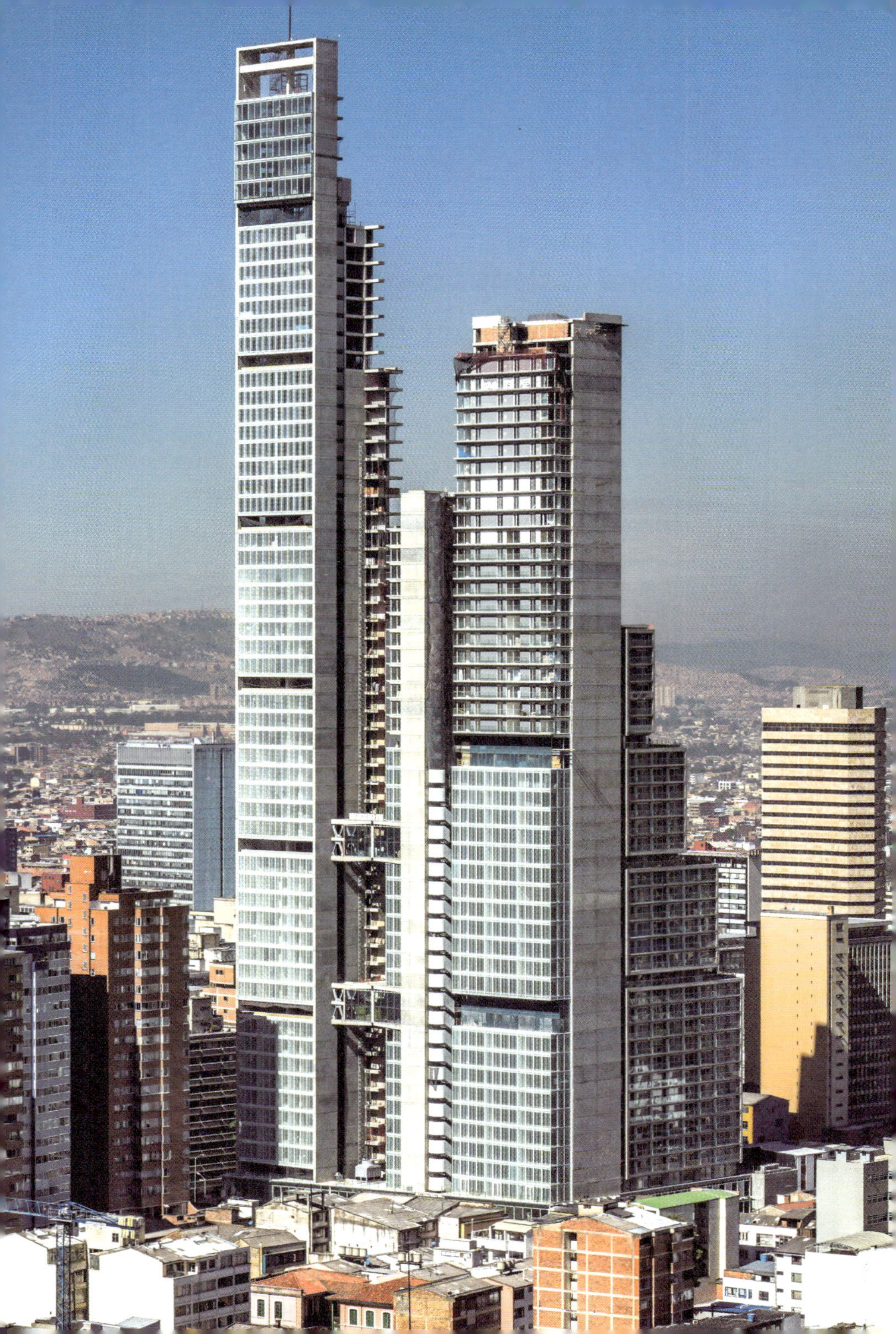

一家烤肉店，感觉味道明显比前一家好了很多。我费力地用刀叉切肉，旁边坐着的当地年轻男士建议我直接用手。

第二天，我去逛了当地的印第安集市。虽然整个小镇都很悠闲，但仍能看到维护治安的警察。在那个印第安集市，我遇到几位持冲锋枪的军人，我们很友好地打着招呼。那个印第安集市的牛油果又大又便宜，牛油果是我的最爱，看到它我就会很开心。

第三天我便返回波哥大了。

这次旅行的收获很大，我又重新捡回了对哥伦比亚人的善良、友好的记忆，然后带着这份美好回忆，我结束了志愿者工作。

后记

最美好的时光是做志愿者

美好的时光总是过得飞快,3年的汉语教师志愿者生活,转眼间便结束了……

这段做志愿者的经历已经过去多年,但每当回忆起当年的经历,我依然感觉非常美妙和幸福,同时也感到自豪和骄傲。

教授汉语、传播中国文化的志愿者工作是一场触及灵魂的深度旅行。这场旅行绝对不是简单的"诗与远方"的组合,而是荡涤灵魂的身心远行!

这段志愿者的经历使我受益匪浅。

哥伦比亚人是快乐的,南美人是快乐的,当我游历完拉丁美洲的大部分国家后发现,整个拉丁美洲的人们都是快乐的。也许他们生活在贫穷困苦之中,但他们总能平心静气;也许他们生活在动荡不安之中,但他们依然鼓盆而歌;无论明天阳光是否依旧,他们都能够以最大的热情乐观地面对生活。他们有着一种大智慧,享受着别人享受不到的快乐和幸福。在南美洲的山水间,在学生们的欢声笑语中,在南美人的人生智慧里,我遇见了内心深处的一种平静和对待人生的态度,也建立起一种更加坚强的精神力量,使我在后来的工作生活中,无论遇到任何风雨和困难挫折,都会以"多大点事儿啊"的乐观态度去微笑面对。

《基督山伯爵》中有这样一句话:"这个世界上无所谓幸福,也无所谓不幸,有的只是一种状况和另一种状况的比较,如此而已。"所谓幸福,其实是相对的,是在对比中认知和感受出来的。3年的志愿者工作，让我深刻认识到生活在中国是多么幸运和幸福啊！

这段志愿者经历使我在职业发展方面受益良多。3年的志愿者工作使我的西班牙语水平突飞猛进。汉语、英语和西班牙语是全球3大语言，会讲这3种语言，意味着可以跟全球3/4的人直接交流，在职场上也能获得更多的工作机会。当年我就是凭借这3种语言优势进入国际投行、国际投资机构从事跨境投资并购工作的。

而且这3年的志愿者经历使我积累了宝贵的人脉资源，贵宝锣、桑切斯、洛佩斯和清泉这些在我做志愿者期间结识的学生和朋友，成了我之后工作中的重要合作伙伴。

志愿者的经历使我在以后的择业中更胜一筹，无论是国际机构还是中国的大型跨国公司，他们都认为做过志愿者的人是懂得奉献、懂得付出之人，他们更倾向于优先考虑有过志愿者经历的人。

这段志愿者经历使我在社交方面也受益匪浅。当一个人的经历足够丰富多彩时，聊天的话题自然也是多样和有趣的，无论是与新认识的朋友还是工作中的伙伴，志愿者的生活经历和去世界各地的旅行经历都可以作为重要的谈资，可以使你很容易地获得信任，很自然地赢得尊重，也会让你交到更多价值观相同的朋友。

现在，越来越多的人开始做志愿者了，他们活跃在各个领域，大街上经常能看到各类志愿者的身影。我们小区的一位邻居，一直在做志愿者工作，他经常周末带一些父母在北京务工的孩子们去博物馆、科技馆等地方学习游玩、增长知识。大学生志愿者们利用周末去孤儿院教孩子们学习英语，陪他们玩耍，使他们在学习知识的同时感受到亲情。艺术学校的学生们周末去施工场地为外地来京打工人员演出，使那些打工者的业余生活变得更丰富。朋友暑假带着读小学的女儿远赴西部农村去做志愿者，给当地小学捐衣捐书……

值得一提的是，多年后我又遇到了我原来的那个老板，他兴高采烈地跟我讲他每年都会去西部贫困山区慰问当地的小学生们，捐款、捐衣、捐物，他说自从他做志愿者后，感觉对社会也尽到了一份责任和义务，过得既充实又开心，心里感觉越来越踏实了。看到他思想觉悟有了大幅度的提升，以及身边越来越多的人开始做志愿者，我觉得很欣慰。我特别想问问那个老板，你是不是应该把当年扣我的工资还给我？哈哈！

截至目前，国家汉办（孔子学院总部）已累计向100多个国家派出志愿者几万余人次，志愿者们对帮助各国开展汉语教学、促进中国与各国的教育文化交流、增进中国与各国人民友谊发挥了积极作用。正是因为这些志愿者前赴后继的付出和奉献，才促进了汉语和中国文化在世界各地发扬光大。随着"一带一路"倡议的不断推进，沿线各国在政治、经贸、文化等领域的沟通与合作更为密切，"汉语热"再次升温，汉语教学也顺势成为新潮流。

每一位汉语教师志愿者都是一粒文明的种子，他们既是文化和文明的传播者，又是文化和文明的寻梦者。做志愿者的过程是交流思想观念、吸取文明精华的过程，也是社会共同进步、世界各民族共同发展的过程。

愿更多的人加入到志愿者的队伍中来，为弘扬我们中华民族的优秀文化贡献自己的一份力量，构建一个更加美好和谐的世界！让我们带着一份美好的心情去传播中国文化和旅行，让漫漫人生因此而变得丰富精彩，让人生从此不再平凡……

习近平主席曾说过："有信念、有梦想、有奋斗、有奉献的人生，才是有意义的人生！"

在南美洲的这段志愿者经历是我人生中最宝贵的一笔财富……